集英社オレンジ文庫

冥府の花嫁

地獄の沙汰も嫁次第

高山ちあき

JN019832

本書は書き下ろしです。

冥府の花嫁
地獄の沙汰も嫁次第

もくじ

序章 …… 7
第一章 閻魔庁へ …… 11
第二章 結家という氏 …… 45
第三章 亡者の脱獄 …… 135
第四章 廻帰の血脈 …… 159
第五章 無間地獄への罠 …… 199
第六章 十王会議の夜 …… 231
終章 …… 265

冥府の花嫁
人物紹介

天鷹・テンヨウ

鬼から翠を助けてくれた。彼にもらった『閻魔庁入庁許可証』が翠の運命を変える…？

翠・スイ

人間と鬼の間に生まれた『ツノナシ』。壊れたものを元に戻す、廻帰の力を持つ。

瑞月◆ミヅキ

翠の双子の弟。冥都で冥官として働いているはずが、現在消息不明。

古桃◆コモモ

閻魔庁に紛れ込んできた亡者。経緯不明。堕地獄以前の記憶もない。

希子◆キコ

三途の川にいる脱衣婆。閻魔とは、同じ時期に須弥山で修行した友人。

イラスト／縞

序章

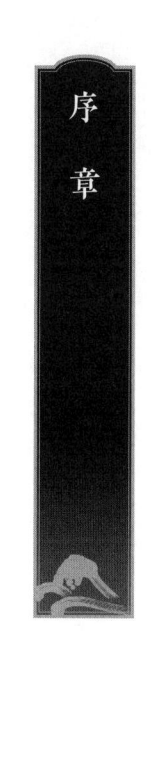

三途《さんず》の川へと繋《つな》がる川のほとりで、翠《すい》は緩やかに流れる水面《みなも》をじっと眺めていた。

澄んだ水には、両の頰《ほお》を赤く腫《は》らした十八歳の娘の顔が映っている。着ているのは飾りけのないくたびれた粗末な単衣《ひとえ》。ひっつめた漆黒《しっこく》の髪もぼさぼさに乱れて、華やいだところはひとつもない。

「ひどい顔……」

みすぼらしい自分の姿を見ているうちに、忘れかけていた頰の痛みが増してきて、庇《かば》うようにそっと手で包み込んだ。

柔らかな頰は熱をもってじんじんと疼《うず》いている。奉公先の鬼に手酷《てひど》く折檻《せっかん》されたのだ。けれど、それほど堪《こた》えてはいなかった。翠は壊れた物や、体の傷《いた》んだ部分を元の状態に戻すことができるからだ。

——原点廻帰《かいき》。

呼吸を整え、心の中でそう唱えると、まるでなにごともなかったかのようにきれいに戻る。自分と双子の弟の瑞月《みづき》には、物心ついたときからこの不思議な力が備わっていた。おかげで壊れた物に敏感だった。廻帰の力を使えとばかりに、それが目につく。ほかにも、乱れ、綻《ほころ》び、崩れ、亀裂《きれつ》なども。

見過ごせるものと、そうでないのがあるが、基本的に気づかないふりをしてきた。力を使えば自身にも負荷がかかるし、きりがない。なにより、力の存在を他人に知られてはならないと母からきつく言われていたからだ。

廻帰の力は他人の体にも使えた。

隠れた怪我や疾病《しっぺい》も、じかに触れるだけでおおむね察知することができた。医者のような知識はないから具体的な説明はできないが、異状があるのは漠然とわかる。そして患部に向かって念じると、軽傷であればほとんど治せる。

ただし病は治らない場合も多い。一時的に状態がよくなることはあっても、完治させることは難しい。翠自身にそれほどの力はないからだろう。若返りや蘇生《そせい》なども、自身を引き換えにせねばならない恐れがあるからと、母から禁じられた。

翠は閉じていた目をひらいた。

腫れあがっていたはずの頬から手を退《ど》けると、水面にゆれる自分の顔からは痛ましい痣《あざ》や血痕《けっこん》が、ひとつ残らず消えてなくなっていた。それこそ、なにごともなかったかのようにきれいに。

身なりは貧しくとも、健《すこ》やかな自分の顔を見ると元気が出た。それに今日はいいことがあったのだ。

懐《ふところ》に手を入れて、自分を鬼から助けてくれた冥官《みょうかん》が、さきほどここを発つ前にくれたものを探った。

それは掌《てのひら》におさまる大きさの黒塗りの木札だ。赤字で『閻魔庁《えんまちょう》入庁許可証』と刻まれている。冥都《めいと》にある閻魔庁に入るのが許される札なのだという。

目にするのははじめてだが、塗りの艶《つや》やかさからして偽物ではなさそうだ。

翠は閻魔庁に出仕している双子の弟に会いに行きたかった。だから、喜んで札を受け取った。

「待っててね、瑞月」

村長に許しを貰《もら》えたら、すぐに村を発とう。

許可証を握りしめ、冥都へ行く準備をするために意気揚々と土手を登りだす。

それがただの入庁許可証でないことを、このときはまだ知らなかった。

第一章
閻魔庁へ

1.

翠《すい》が鬼に殴られたのは、四半刻ほど前だ。いつものように奉公先の織物工房で糸績みをしている最中のことだった。

ここは生きとし生ける者が輪廻《りんね》する六道《ろくどう》——天道《てんどう》、人間道《にんげんどう》、阿修羅道《あしゅらどう》、畜生道《ちくしょうどう》、餓鬼道《がきどう》、地獄道《じごくどう》のうち、最下層にある地獄道、すなわち冥界《めいかい》である。

冥界は、冥途《めいど》十州と呼ばれる冥界人の住む区域と、亡者を懲《こ》らしめるための獄《ごく》とに分かれている。

翠が住んでいるのは冥途十州のうち、初江州《しょこうしゅう》の東部に位置する景勝地・天ヶ瀬《あまがせ》の上方にある集落だった。山あいの盆地で発展はしていないが、空気が澄んでいるため、瘴気《しょうき》をはらんだ冥界特有の風に弱いツノナシたちが身を寄せ合って暮らしている。

ツノナシとは角《ツノ》や霊力を持たず、脆弱《ぜいじゃく》で寿命《じゅみょう》も短い人型の種族のことだ。先祖は人間道と偶然に繋《つな》がった獄路《ごくろ》を経《へ》て、生きたまま冥界に渡ってきた人間だと言われている。

天ヶ瀬では織物が盛んで、村の若い娘はみな、集落に設けられた織物工房で糸作りをして生計を立てていた。薄くしなやかで上品な風合いの天ヶ瀬上布《じょうふ》は富裕層に好まれ、ときおり閻魔庁《えんまちょう》に献上されることもあった。

織物工房を営んでいるのは村を牛耳《ぎゅうじ》る鬼族の男だ。昔は黒縄《こくじょう》地獄で働いていた獄吏《ごくり》だったとかで、翠たちツノナシに対しては亡者も同然の乱暴な扱いをしてくる。

この日、仲間のひとりが明け方に熱を出し、足腰に力が入らないほど衰弱していたので、責任者の姐《ねえ》さんの判断でひそかに作業を休ませていた。彼女が高熱でも無理をして工房に来たのは、頭数が足りないと監視役の鬼が逆上するからだ。

翠はこっそり廻帰《かいき》の力をほどこして治すつもりだったが、あまりにすんなり解熱するのも不自然だから、半日はようすを見ることにした。

ところが三日に一度しか来ない工房主が運悪く抜き打ちの視察に訪れたのだ。

工房主が監視役の鬼ふたりを引き連れて作業部屋に入ってきたとき、口元が歪んでいるのを見て嫌な予感がした。こういうときは決まってだれかが憂さ晴らしの餌食《えじき》になる。

この村に来て間もない、なにも知らなかった十三歳のころは全力で抵抗した。喧嘩《けんか》には多少の自信があった。幼少期に父親代わりだった鵠《くぐい》という男に護身術を仕込まれたからだ。大男でもごろつき程度の攻撃ならそこそこかわせるし、隙《すき》を見つけて拳《こぶし》のひとつも打ち込める。

生後間もなく亡くなった父は人間だが、三年前に亡くなった母には、半分、鬼族の血が流れていたらしい。だから翠たち姉弟《きょうだい》は、多少身体能力が優れている。

けれど工房側の鬼たち、とりわけこの工房主の大鬼は頑強で容赦《ようしゃ》がなかった。まだ子供だった翠は意識がなくなるほどに殴られ、血だるまになり、気づいたら村長の家で介抱されていた。

工房主や監視役に殴られるのは天ヶ瀬に住むための通過儀礼みたいなもので、女子供はたいてい竦《すく》みあがって二度と逆らわなくなるという。

翠も今は、よほどのことがない限りおとなしくしている。言いつけ通りに仕事をこなしてさえいれば、わずかばかりだが俸給も出る。どこへ行っても差別されがちなツノナシが、空気の澄んだこの土地で人並みに暮らすためには彼らに従うしかない。

しかし、今日ばかりは黙っていられなかった。

仲間が発熱しているのは、脈を測らずとも淀《よど》んだまなざしや乱れた呼吸ですぐにわかる。にもかかわらず、横になっている彼女を目ざとく見つけ、遊んでいる暇などないと細い腰に蹴りを入れてがなりたてた。いつものごとく、聞く耳などいっさい持ってくれない。たまりかねて翠が庇《かば》いに入ったところで、矛《ほこ》先がこちらに向いたというわけだった。

しまったと思った瞬間、平手が飛んできて、馬鹿《ばか》力で張り倒された。

やせ細った翠の体はそのまま吹っ飛んで床に崩れ、起き上がる間もなく革靴で頭をガッと踏みつけられた。

圧痛に顔をしかめていると、工房主の野太い怒声が降ってきた。

「おい、角の一本も生やせねえ格下の分際で、なに寝言を言ってやがんだ、てめえは」

工房主と監視役の手には砧《きぬた》が握られている。翠たちを叩くためだ。

本来は織りあがった布に光沢を出すために使う大事な仕事道具だが、この鬼たちが砧打ちをしたことはただの一度もない。高みから翠たちを見下ろし、怒鳴り散らしているだけの暴漢なのだ。

頬《ほお》や頭が、火で炙《あぶ》られたかのようにじんじんした。

「彼女は……ほんとに熱があるのよ。……無理やり働かせたら……治るものも治らなくなってしまう。……休ませてあげてよ」

痛みをこらえながらなんとか訴えるが、

「おまえらツノナシが吹く法螺《ほら》を真に受けてちゃァな、こっちは稼げるもんも稼げなくなっちまうんだよっ」

抵抗する間もなく、今度はつま先で頬を蹴られた。

「……っ」

鈍い痛みとともに鼻血が垂れて、使い古しのよれた衣に小さな染みをいくつも作った。

「翠……」

仲間がそばで唇を震わせる。瞳も潤んで、今にも泣きだしそうだ。

「大丈夫よ……」

翠は痛みをこらえて鼻血を拭《ぬぐ》った。熱でうなされている彼女が殴られるよりましだ。

それに自分には廻帰の力がある。あとで治せばいい。ここまで傷《いた》んだ状態だと、どこまで力が発揮できるかわからないけれど。

工房主や両側に控えている手下の監視役たちは、翠の口や鼻から血が垂れているのを見てにやにやしている。そんなに血を見るのが好きなら、獄に戻ればいいのに。

(あんたたちなんか、いつか瑞月《みづき》が初江庁に赴任してきたら、真っ先に取り締まってもらって懲らしめてやるから……)

弟の瑞月は一年前に官吏登用試験に合格し、今は冥都《めいと》にある閻魔庁で働いているのだ。

口内に滲《にじ》んだ、鉄さびを薄めたような不快な味を飲み下しながら心の中で毒づいていると、

「おい、今日はえらく反抗的な目だな？」

監視役のひとりから、今度はみぞおちに強い蹴りが見舞われた。

「……っ」

臓腑《ぞうふ》がひっくり返りそうな痛みに襲われ、翠は体をくの字にして思い切り噎《む》せた。

「あんたら、もういいでしょっ、翠が死んじまうよ」

近くで糸を績んでいた姐さんが、さすがに見ていられなくなったのか声をあげた。

「姐さん……」

翠は止めようとした。無駄だ。姐さんまで殴られてしまうだけだ。

折檻《せっかん》は監視役たちの気まぐれで、工房のどこかで日常的に行われているが、死人が出ることはない。死なない程度に痛めつけるのだ。いつもそう。ぎりぎり耐えられる程度の痛みと恐怖を与えて、ほどよく服従させる。手加減を心得ているのだ。だから今日も死にはしないだろう。腹部の痛みをやりすごしながら、自分にそう言い聞かせる。

鋭い爪の生えたごつごつした手が伸びて、頭頂部の髪を摑《つか》まれた。

「立てや」

そのままぐっと強い力で真上に引っ張られ、翠は小さく悲鳴をあげた。痛くて、頭皮がはがれてしまいそうだ。

痛みに耐えかねて、吊られながらのろのろと立ち上がると、

「おい、おめえのその目つきはどうも気に入らねえな。目ん玉潰して見えなくしてやろうか？」

工房主は翠の胸倉を摑み、爪を突き立てて凄《すご》んでくる。

久々に逆らったのが癪《しゃく》にさわったらしい。大木のような腕と芋虫のごとき肥《こ》えた二本の指が目前に迫ると、さすがに恐怖を覚えた。

廻帰の力を使えば元には戻せるだろう。でも、たとえ少しの間でも目を潰されるなんて嫌だ。

「目は……やめてよ……」

工房主の手を払いのけたくて、必死に手首を引っ張って抵抗した。

もしも廻帰の力が効かず目が治らなかったら、冥都にいる瑞月に会いに行けなくなってしまう。ほかにもやらなければならないことがたくさんあるのに。

だが、弱った翠の力では、工房主はびくともしない。

「小地獄の旃茶処《せんだしょ》じゃあな、言うことを聞かねえ亡者の舌や目玉を毎日のようにくりぬいて、杵《きぬ》や大斧《おおおの》で叩き潰してたぜ。血みどろの顔で勘弁してくれと縋《すが》ってくる姿が間抜けでなあ」

工房主は黄金色の目をぎらぎらさせて愉快そうに脅したてる。

「やめて……、はなしてよ……」

工房主は本気だ。ツノナシの小娘の目潰しなど、彼にとっては肩先におりた埃《ほこり》をひとつ吹き飛ばす程度のたわいない行為だ。

翠は監視役が小脇に差している棍棒にちらと視線を移す。あれを抜いて、工房主の目を突き返せばきっと逃げられる。だがそうしたら、次こそは怒り心頭になって翠の命を取るだろう。あるいは、性悪の工房主のことだから、翠は生かし、ほかのだれかを犠牲にして残酷《ざんこく》に追いつめるかもしれない。それだけはだめだ。

「まずは右からだ」

鋭い爪が狙いを定めているのを感じて、背筋が凍りつく。

（潰される――……）

絶望的な気持ちで、ぎゅっと瞼《まぶた》を閉ざした。そのとき、

「よせ」

工房主の背後から男の声がして、はっと目をみひらいた。

皆も一斉に声のする出入り口のほうをふり返った。

村では見かけない、ひとりの男がこちらにやってきた。上品な薄青色の交領《こうりょう》の漢服を着ている。襟《えり》元や袖《そで》口には精緻《せいち》な銀刺繡《ししゅう》が施されていて、あきらかに富裕層だとわかるきれいな身なりの青年だった。人間でいえば二十歳《はたち》をいくつか過ぎたくらいか。艶《つや》やかな黒髪で、角はないがツノナシという風情《ふぜい》ではなかった。

「貴殿は何者だ？　いつのまにここに……？」

工房主が、場にそぐわない青年の美々《びび》しいたたずまいに眉をひそめる。

気配を殺していたのか、翠も気づかなかった。

「娘を放してやれ。目を潰せば視力が失われて、その分、糸績みの作業が遅れる。おまえも不利益を被《こうむ》るだけだと思うぞ？」

青年は工房主に向かって言う。ほどよく低く耳当たりのよい美声だが、とくに翠に味方してくれるふうでもなかった。

「部外者が邪魔をするな。目玉のひとつやふたつ減ったところで大して変わらぬわ」

工房主が苛立《いらだ》たしげに返す。

「では試しにおまえの目もくり抜いてやろうか？　いかに不都合かがわかる」

青年はうっすらと笑みをはいて返す。

「なんだと？」

腕に自信でもあるのだろうか。怖いもの知らずの挑発的な態度にはらはらしていると、案の定、憤《いきどお》った工房主が翠から手を放して、すぐさま青年の肩を摑んだ。殴りかかるつもりだ。

「危ないっ」

翠は思わず叫んだ。この巨漢に本気で殴られたら、首根までへし折られてしまう。

工房主が腕をふりかぶって踏み込んだ。

――かと思うと、突然、重心を失って数歩よろめく。

（え？）

そして次の瞬間には、どうと地面に倒れこんでいた。

一見、相手の拳をかわした程度にしか見えなかった。だが、みぞおち、背中、膝裏《ひざ》と、しっかり三手ほど入れていた。構えを取りそこなった工房主はまともに打撃を食らい、もはや倒れるしかなかった。

「クソが」

工房主は吐き捨て、すぐさま体勢を立て直してきた。

左拳に右拳に匕首《あいくち》まで繰り出して襲い掛かってくる。しかしこれもひらひらとかわし、隙を見ていくつか当て身を食らわせた。

行儀の悪い相手に、灸《きゅう》を据えるぐらいの動きに見えた。

だが工房主は急所に斬撃でも受けたかと思うほどの呻《うめ》き声をあげ、ふたたび派手な音をたてて倒れこんだ。

それきり泡を吹いて動かない。

（強い……）

無駄もなければ隙もない。ほんの数回、瞬《またた》きをしているあいだの出来事だ。

監視役の鬼ふたりは怖気《おじけ》づいて手も足も出ない。翠も青年の動きを完全に見切ることはできず、仲間とおなじように呆気《あっけ》にとられているしかなかった。

（なに、この男……）

何手も入れているはずなのに、大きく冴《さ》えのある動きだけしか見せず、さながら舞でも舞っているかのようだった。

（只者《ただもの》じゃないわ……）

腕力だけではない、体幹を軸にした流れるような身のこなしには見覚えがあった。

鵠に似ているのだ。一瞬、本人かと見間違えたほどだ。だが、年齢が若すぎる。

鵠に匹敵しそうなほどに強い男を久々に見た。村にいる男たちは、栄養不足で痩《や》せているうえに体術の基礎もない。そのせいで、取っ組み合いをしても年若い瑞月にたやすくやられる。翠にさえまともに勝てない者が多い。

観光客でにぎわう下天ヶ瀬の町では、貴人の護衛や店に雇われた用心棒なども見かけるが、これほどの手練《てだれ》はなかなかお目にかかれない。

「大丈夫か?」

青年がこちらを見た。耳元の、こぼれるような美しい金細工の飾りが目に留まった。州都で暮らす貴人は、みなこんな宝飾品を身に着けている。帯飾りや玉佩《ぎょくはい》なども華やかだ。

きれいなのは身なりや立ち居振る舞いだけではなかった。目鼻立ちも涼しげに整い、こちらを見下ろす切れ長の双眸《そうぼう》は濡れた黒曜石のごとき艶を放っている。

「……ありがとう」

貴族なんていい暮らしをしているから、男でもみな眩《まぶ》しいくらいの美貌《びぼう》になるのだろう。

翠は頰《は》を腫らし、鼻血を出している自分が急にみじめに思えてきて、手の甲でさりげなく鼻や口元の血糊《ちのり》を拭う。殴打された体のそこかしこが痛んだ。

そばに来た姐さんが翠を介抱しながら、「ありがとうございます」と安堵《あんど》したようすで青年に礼を言った。

「おい、あんた何者なんだ？」

気後《きおく》れして黙り込んでいた手下の監視役が、かろうじて虚勢を張って問う。

「閻魔庁の役人だ」

青年はどうでもよさげに答えた。冥都から来たらしい。どうりで垢抜《あか》けているわけだ。弟とおなじ冥官《みょうかん》とわかって、翠は青年に興味がわいた。

「うちの工房に何用だ？」

もうひとりの監視役がやけに動揺した声音《こわね》で問う。工房の経営がずさんすぎて、冥府《めいふ》に知られたらまずいのだろう。

「特に用はない。おまえらのひどい罵声《ばせい》が聞こえたから覗《のぞ》いてみただけだよ」

さっぱりとした表情で彼は答えた。

「出てってくれ。よそ者の立ち入りは禁じている」

「ああ、すぐに出ていくよ。しかし、もう娘たちには危害を加えるなよ。ここの大事な働き手なんだろう？　あまりぞんざいな扱いをしていると、そのうち初江庁から御触れが出ておまえらのほうが痛い目をみることになるぞ」

「……脅しのつもりか？」

監視役たちの表情がいっそうこわばった。

「厚意のつもりさ。初江王としても、美しい織物を生み出す工房を処分せねばならないのは惜しいだろうからな」

「…………」

やはり脅しだ。工房の経営状態などを調査済みなのだろうか。あるいは監視役たちの動揺と警戒から見抜いたのかもしれない。初江王の名まで出されてはもはやお手上げだろう。

「その大鬼にもよく伝えておけ」

青年は足元で気絶している工房主を顎《あご》で示して言うと、翠たちの作業場を興味深そうに見まわしたのち、身をひるがえして工房を出ていった。

2.

脅されて神経質になった監視役が、頬を腫らしている翠にめずらしく「今日はこのまま休養せよ」というので、すぐに工房を出て青年の後を追った。

青年は水田に囲まれた畔道《あぜみち》を、民家の連なる集落の中心部へ向かってひとりで歩いていた。

荷駄をひいたツノナシの農夫が、すれ違い際に青年を物珍しそうに眺めていた。

決して華美なわけでもないのだが、整った容姿と一見して上等とわかる衣《きぬ》を身に着けた洗練されたたたずまいは、鄙《ひな》びた村の景色の中ではやはり浮いていた。

「待って」

声をかけると、青年は小走りで追いついてきた翠をふり返った。

「さっきは、助けてくれてありがとう」

翠は礼を言った。

「もう走れるのか？　かなり手酷《ひど》くやられていたように見えたが」

青年はけげんそうに見下ろしてくる。耳元でさらりと耳飾りが揺れた。

「……平気よ。慣れてるから」

指摘されてひやりとしたものの、適当にごまかした。

「…………」

青年は不思議そうにこちらを見つめている。

実際、痛みに慣れているわけではない。本当は工房を出てすぐに廻帰の力で治していた。顔や腕の擦り傷は、さすがに消えたら不自然なのでそのままだが。

「あなたみたいな貴人が、どうしてこの村に？」

訊《き》きたいことはたくさんあったが、まずは来訪の目的が知りたかった。

「万病に効く妙薬があると聞いてやってきたんだ。薬房の位置まではわからないんだが」

探し歩いているうちに、工房からの怒声を聞きつけたのだという。

「この村に薬房はないわ。自力で治すか、サギ豆という薬草の実をすり潰して患部に擦《こす》りつけるか、煎《せん》じて飲むかしかない」

「詐欺豆？」

「鳥の鷺よ、蒼鷺《あおさぎ》に色模様が似てるの」

「なら、その鷺豆とやらのことを言っていたのかもな。どこで手に入るか教えてくれないか？」

「川の土手にたくさん実ってるから、案内してあげる」

青年が頷《うなず》いたので、翠はさっそく川のほうに向かって乾いた畦道を歩き出した。ついでに熱を出した仲間の分も採ってこようと思った。

「わたしは翠。あなたは？」

「天鷂《てんよう》だ」

清雅な風貌《ふうぼう》に似つかわしいよい名である。当然、氏《うじ》持ちの貴族なのだろう。

氏持ちとは、代々受け継がれた姓を持っていて冥府に戸籍がある者をさす。翠の母方の先祖も、かつては氏持ちだったらしい。

戸籍がないと人頭税を払わなくてすむものの、下級民とみなされ、搾取《さくしゅ》される立場になる。ただし戸籍は金で買うこともできるし、氏持ちと結婚すれば得られたりもする。

「このあたりは初江王の従域だな」

天鷂は山あいののどかな田園風景を眺めながらつぶやく。

「うん」

初江王——偸盗《ちゅうとう》（盗み）の罪を裁くとされる十王のひとりである。

冥途十州は各州ごとに王庁が設けられ、冥界を支配する王族が、冥府から派遣された冥官らとともにそれぞれの任地（従域）で統治をおこなっている。冥府の最終的な権限を握るのは中央の冥都を治める閻魔王だ。

州によって風土はさまざまで、初江州は王庁のある州都をのぞけば、あとは山と農村と水田のひろがる緑深い穀倉地帯である。

天ヶ瀬には北から南に亘《わた》って、三途《さんず》の川の支流となる天ヶ瀬川がゆるやかに蛇行《だこう》するように流れている。翠たちが住んでいる集落はその上流にあり、正確には上天ヶ瀬《かみあまがせ》と呼ばれる地域だった。

「川下には、冥途百景に選ばれてる有名な蓮野《はすの》があるわ」

天ヶ瀬の蓮野は、天界に最も近く、蜘蛛《くも》の糸が下りると言われている景勝地である。蓮の花の季節になると、金と時間を持て余している富裕層や、獄で亡者を懲らしめるのにうんざりした獄吏たちが、癒《いや》しを求めて訪れるという。

「蓮野は今朝、通ってきたよ。いくつか花がひらいていて美しかった。地方ではまだ、こんな空気の澄んだところがあるんだな」

天鴦は感心したようすで空を眺める。獄から漏《も》れた業風《ごうふう》や瘴気の影響で、十州の大気は淀んでいる場所も多い。

「わたしもはじめてこの村に来たときは驚いた」

「おまえはここで生まれ育ったんじゃないのか、翠？」

「ううん、十三歳のときに越してきたの。母が肺を悪くして、空気の澄んだところじゃないと生きづらくなったから」

それまでは十州各地を母と瑞月の三人で転々として暮らしていた。ときどき鵠が交じって四人暮らしをすることもあった。

「結局、母は三年前に亡くなってしまったけど、ここにはおなじツノナシの人がたくさんいて、住処《すみか》を追われたりもしないからずっと住んでる。またいつか、別の場所に行くかもしれないけど……」

一処《ひとところ》に留まって暮らしたことのない翠には、この地に永住する自分を想像できなかった。

川伝いに、薄《すすき》の葉に似た背丈のある植物がみっしりと生育していた。

村の男衆がそれを茎の根元から刈り取り、乾燥しないよう、ただちに冷えたきれいな川の水に浸しているのが見えた。

「あれが糸の原料になるのか」

天鵞が足を止め、刈り取りのようすを眺めながら問う。

「そう。釉麻《ゆま》というのよ。ここらへんは暖かくて風もゆるやかだからよく育つの」

紬麻は清らかな天ヶ瀬川の水辺にしか育たない多年草の植物で、糸はこの茎の皮から作られる。

「だいたい年に五回くらい収穫できるんだけど、春先にできたのが一番質が良くて、値段も高く売れる。……でも最近、村の空気が汚れていて、それがわたしたちのせいだという声があるの」

「なぜだ？」

「紬麻にはもともと水や空気を浄化する力があるんだけど、わたしたちが糸績みのために乱獲するせいで効果がなくなってるんだって。このままじゃ、いずれ川の水が汚れて紬麻が育たず、川下の蓮野も汚されていくことになるから、ツノナシを追い出して景勝地を守ろうって……」

蓮野の観光で潤っている人々からしてみたら、翠たちは邪魔な存在なのだ。

「収穫の回数を減らしてようすを見てみればいいんじゃないか？」

「代官が工房主とつるんでいて、お金欲しさに作れ作れと命じてくるのよ」

指示通りの数を仕上げなければ、工房主たちに折檻されてしまう。

「では、初江庁のほうで織物の出荷数を制限させるべきだな」

「わたしたちもそういう訴えを初江庁に届けてるんだけど、まったく応じてもらえないわ。労働条件の悪さについてだって――」

工房の俸給は安く、夏は生糸が乾燥しないよう戸を閉めきるので暑いし、冬は氷点下でも工房内に火鉢《ひばち》ひとつしか提供されない過酷な環境で、繁忙《はんぼう》期には朝の五時から夜半すぎまで作業させられることもあるのだ。

でも、何度嘆願書を出しても回答が得られない。

「わたしたちの声は、初江庁にはなにひとつ届かないのよ」

おそらくツノナシだからだろう。

「初江王は民の声を無視するような方ではないはずだが。なんらかの旨味《うまみ》があって、下官がひねりつぶしているのかもしれない。地方官の不正は冥府でも問題視されているところだよ」

「閻魔庁の役人がまともなことを言ってくれてほっとする」

翠は苦笑した。冥府に直接訴えれば変わるかもしれないと希望が持てる。

「来て、鷺豆はこっち」

釉麻の育っている場所から少し離れたところで、翠は川の土手を下りた。

緩やかな斜面には、実をつけて間もない鷺豆の葉が茂っている。釉麻とおなじで、陽当《ひ》たりを好む薬草だ。

「この小さいのが鷺豆ね」

房をひとつ摘み取り、中をひらいて天鴦に見せた。

小豆《あずき》ほどの大きさの、青灰色の豆粒がきれいに並んでいる。

「まだ若そうだが大丈夫なのか？」

「効果は十分にあるわ。怪我ならすり潰したのを患部に塗布《とふ》して、病なら日干しして乾燥させたものを煎じて飲めばいい。……ところで、妙薬の噂《うわさ》はどこで聞いたの？」

「地方の酒場で酔っ払いから聞いた。正直、与太《よた》話だろうと期待はしてないんだが」

「人によって効き目は違うからね……」

鷺豆には、翠が合わせて廻帰の力を使わないと即効性はない。天鵞が聞きつけたのは、翠がひそかに力を使って治した仲間の経験話だったのだろう。

「あとは自分で採るよ。おまえはそこで休んでいろ」

天鵞が、豆の房を摘みはじめた翠の隣に屈んで言った。

気遣ってくれているのだろうか。

「平気よ。怪我なら慣れっこだから」

事実、見えない場所にあった打ち身や擦り傷は、とうに治っている。

「嫁入り前の娘が怪我になど慣れてどうするんだ。もっと自分の体を大事にしないと。冥府の女たちなんか擦り傷ひとつで大騒ぎして医師を呼びつけてる」

「そうなの？　でもどのみち、ここに呼ぶ医者なんていないから」

翠は天鵞と一緒に採集を続けた。

「天鶩様は優しい冥官だわ。初江庁から来た役人はみんな工房主みたいに威張りくさってたのに」

自分を気遣ってくれる上層民になど会ったことがないから妙な心地だった。しかも血痕《けっこん》と痣《あざ》だらけのみすぼらしい娘なのに。

ところが、

「優しいのははじめだけだよ」

「えっ？」

突然の危うい発言に、ぎょっとした。

「仕事場でよく言われるんだ。うっかり騙《だま》されました、と」

涼しい笑みをにこりと浮かべて天鶩は言う。

「…………」

人格が変わるということだろうか。

「でも、はじめから優しくない冥官よりましだと思う」

翠はふたたび手元に視線を戻し、豆を採りながらつぶやく。少なくとも翠たちは助けられた。天鶩がいなかったら、今頃、翠は失明していたかもしれないのだ。

しばらく無言で採集を続けていると、

「豊作だ」

天鶱が採集した豆の房をばらばらと渡してきた。手際のいい男だ。

翠は豆だけを取り出し、天鶱が薬入れとして持参してきた小ぶりの布袋に入れた。

「健康そうに見えるけど、あなたはどこが悪いの？」

ふと気になってたずねる。

「全部だな」

地味な作業に飽きたのか、天鶱は手を止めて立ち上がった。

「全部って……」

冗談で言っているのだろうか。またしても腹が読めなくて戸惑っていると、彼は川面《かわも》に目を移し、

「悪いのは俺の友人だよ。数年前から原因不明の頭痛や不眠に悩まされているんだ。ほかにもいろいろ……。だから情緒が不安定なことが多い」

どこかあきらめたような表情でそう言った。

「原因がわからないのはつらいね」

でも、薬を求めてこんな地方にまで足を運ぶくらいなのだから、治してあげたい気持ちも大きいのだろう。翠がその友人に会えれば、廻帰の力で少しは治してあげられるかもしれないのに。

袋が豆でいっぱいになると、翠も採集をやめて立ち上がった。

「これだけあれば、毎日煎じて飲んでも三月は持つと思う」

紐《ひも》で口を縛った袋を天奮に渡した。

「ありがたくいただくよ」

彼は受け取った布袋を袂《たもと》にしまった。美しい雲龍《うんりゅう》紋様の刺繡された袖口がさらりと揺れた。

「これから冥府に帰るの？」

「ああ」

「獄路《ごくろ》を使って？」

「もちろん」

獄路というのは空間のゆがみが生じてできた道だ。それを使えば離れた場所へも比較的短時間で移動できるので便利である。

主要な獄路は冥府が関所を設けて管理していて、たとえば亡者なら三途の川から閻魔庁までは徒歩で二十日《はつか》余りかかるが、関所手形を持つ冥界人であれば獄路を使ってわずか二刻足らずで到着できる。

ちなみに冥界と人間道もまれに獄路で繋がってしまうことがある。人間道では京都の六《ろく》道珍皇寺《どうちんのうじ》にある「六道の辻《つじ》」などが有名である。大昔にツノナシの先祖が冥界に渡ってこられたのは、かつて獄路に冥府の手が入らず、自在に行き来できたからなのだ。

翠は、工房を出たときからうっすら考えていたことを思い切って口にした。

「わたしも一緒に閻魔庁に連れていってくれない？」

天鴦はやや面食らったようだった。

「閻魔庁に行ってどうする？」

「織物工房の実情を閻魔王に伝えて改善してもらえるよう願い出るの。初江庁からの沙汰《さた》を待つより、たぶんそのほうが早いから。最近、ようやく路銀を稼いだところで、あとは関所の通行料だけなのよ」

「それで俺に便乗したいと？」

「そう。ちゃんとお礼はする。病の友のために、鷺豆を母様秘伝のやり方で煎じてあげるわ。それを飲めばきっとよくなるから」

廻帰の力を使えば、たとえひとときでも効果はあるだろう。

「しかし閻魔庁の門戸は取り締まりが厳重だ。官吏も含めて入庁証を持たない者はもれなく弾かれる。推薦状《すいせんじょう》や伝手《つて》があるならともかく、おまえみたいに地方から来たツノナシの娘だと、難癖つけられて衛士につまみだされるのが関の山だよ」

「種族の差別は撤廃されたのでしょ？」

閻魔庁は三年ほど前から、人型で能力が十分であれば出自を問わず、積極的に人員を採用し、市井《しせい》での差別行為も慎むようにと呼び掛けている。

「残念ながら、それは表向きの話だ。長らく人々に浸透した意識を変えるのには時間がかかる。いまは表面的に受け入れようと努力する者がいるだけで、現実に平等なわけじゃない。少なくとも俺にはそう見受けられる。まだ時間が必要なんだろう」

天鴦に言われ、翠は肩を落とした。

（初江王もそういうお考えなのかもしれない……）

まだツノナシの意見になど耳は貸せないと。だからなんの音沙汰もないのだ。

「だったらなおさら出向いて抗議しなくちゃいけないわ」

でないと翠たちは欲深い工房主に搾取されるだけで終わってしまう。

「連れていってもらえない？　荷台の隅《すみ》でいいから」

無言のまま歩を進めている天鴦に問う。

いくらか考慮してくれているふうに見受けられたものの、

「無理だな。俺はこの先、まだ寄るところがいくつかある。中には獄に近い危険な場所もある。俺はおまえを守る義理も責任もないから、たとえばおまえが獄賊《ごくぞく》に襲われてもなにもしてやれない」

天鴦は理路整然と言った。

獄賊とは、冥界を荒らしまわっている与太者の集団である。

「自分の身は自分で守るから大丈夫よ。さっきは工房主だから逆らえなかったけど、少しは体術の心得があるの」

「俺がこれから向かう先の治安の悪さは工房の比じゃない。俺も場合によってはおまえの身柄を花街に売り飛ばしたり、おまえを盾にして毒矢から身を守ることだってあるかもしれない」

「……あなたもなかなかの外道ね」

優しいのがはじめだけというのは、謙遜《けんそん》ではなく事実なのかもしれない。

「否定するつもりはないな。悪いが便乗はあきらめてくれ。織物工房の問題については、初江王に伝わるよう俺から働きかけておいてやるよ」

天鶩はそれだけ言うと、川沿いの道を下天ヶ瀬へ向かいだす。ちゃんと翠たちのことは考えて動いてくれそうな口ぶりだ。そこはありがたかったが、

「待って」

翠はあきらめきれず、引き留めた。

「閻魔庁に行きたい理由はもうひとつあるの。弟のようすを知りたい」

「弟がいるのか」

天鶩が興味をひかれたようすで足を止める。

「ええ。双子で、氏は漆《うるし》、名前は瑞月というの。一年前に冥府の官吏登用試験に合格して冥官になったばかりなんだけど……知らない？」

たったひとりの大切な肉親だ。天鴦が閻魔庁勤務と聞いてすぐにでもたずねたかった。ところが天鴦は首をひねった。

「俺のまわりにはいない。だが、閻魔庁だけでも百人あまりが働いてるからな……」

顔や名を知らない冥官も大勢いるという。

「あの子、わたしたちの暮らしぶりが少しでもよくなるよう冥府に働きかけるんだって、村の人たちの期待を一身に背負って上京したの」

瑞月が冥官を目指したのは、村人がそれを望んだからなのも大きかった。

「なのに半年ほど前から、消息がぱったりと途絶えてしまって」

「仕事に忙しいんじゃないのか？」

「それでも便りだけは必ずよこすと約束したのよ。わたしたちには氏がなかったから、弟だけ村長の養子になって戸籍を得たの。受験費用だって村のみんなが少しずつお金を出して協力してくれて……」

冥府の官吏登用試験は毎年、睦月《むつき》の一日に冥途十州の州都で一斉に行われる。

建前上は種族や年齢の制限はないが、受験するには戸籍のほかに高額の受験費用が必要になるし、王庁勤務となれば莫大《ばくだい》な富と名誉がもたらされるので競争率もべらぼうに高い。

ここ数年、瑞月は織物工房での労働は半日のみにして、あとは学業に専念していた。村長は若かりし頃は冥都に住んで官吏を目指していたという知識人だったので、学問は彼から教わった。

「その若さで閻魔庁に赴任とは大したものだな」

若くして閻魔庁勤務となるのは、たいていが冥府の運営する大学寮に通っていた官僚の子息であり、推薦状もない地方出身の下層民が採用されるのは稀《まれ》なことだった。

「そう。すごいでしょう。きっと試験の成績がよかったのよね」

翠は誇らしく思いながらほほえんだ。幼いころ、母や鵠から文字の読み書きを教わったが、瑞月は翠よりもずっと覚えが早かったし、州都で受けた二度の模試はどちらも上位を占めていた。

「はじめのうちは元気な便りが届いてた。吏部《りぶ》に配属されて冥府の人事管理をする仕事に就いたのだと言ってたわ。なのにだんだん返事が遅れるようになって、内容も短くておざなりな感じになって……」

「しまいには来なくなった？」

「そう。最後に届いたのは去年の秋の暮れ。自分は大丈夫だからなにも心配しないでって書いてあった。お金がかかるから、わざわざ冥都に会いに来たりしなくていいとも。ちゃんとまた手紙も書くからって。それから毎日毎日、新しい返事が届くのを首を長くして待ってるのに、もう半年も過ぎてしまった……」

翠は表情を曇《くも》らせたまま続けた。

「もしかしたら、なにかよくない事件に巻き込まれているのかもしれない。閻魔庁の内部は冥官同士が足を引っ張り合ってどろどろしてるんだって、昔、母が言ってたし……」

うろ覚えだが、母はしばしば鵠と閻魔庁がらみの話をしていることがあった。

すると天翁が自虐《じぎゃく》ぎみに笑った。

「たしかにな。あそこは面従腹背《めんじゅうふくはい》が日常茶飯《さはん》の伏魔殿《ふくまでん》だ。本物の魔物がうごめく無間《むけん》地獄の阿鼻城《あびじょう》よりもよほどたちが悪い」

「……怖いこと言わないで」

不安が増幅するではないか。

「単純に、冥都の水が合わなくて体を壊しているんじゃないか。ここに比べれば瘴気も多少は濃いし水も汚れてる」

天翁に言われ、翠は短く嘆息した。

「それもあるかも……」

幼少期は瑞月のほうが体も小さくて弱かったし、母はなぜか、瑞月は長生きできないかもしれないと言っていた。

廻帰の力は瑞月も持っているが、心身が共に健《すこ》やかでなければ使えない。

「とにかく、なにかが起きているのは確かだと思う。……だからわたしは何としてでも閻魔庁に行きたい。行って弟の無事をたしかめたいの。おねがい、わたしを一緒に連れていってください」

草鞋《わらじ》のつま先を揃《そろ》え、あらためて天奮の目を見て願い出る。が、

「すまない。一緒は無理だ。実は川下の宿に随行者を待たせてあって、彼らに面倒をかけたくはない。それに瘴気の強い土地に行けばおまえ自身にもよけいな危険が及ぶ。おまえにとってはいらぬ回り道で、いいことはなにもない」

たしかに貴族の冥官がお供もつけずにこんな僻地《へきち》に来るわけがない。もしも連れが妻や恋人なら、女である翠など同行させられないだろう。それに濃い瘴気が翠の負担になるのは事実だし、寄り道する分、よけいな時間もかかってしまう。

いきなりすぎて無謀だったと反省して黙り込んでいると、

「代わりにこいつをあげよう」

天奮が袂をさぐってなにかを取り出し、翠に差し出してきた。

「これは？」

受け取ったのは黒塗りの木札だった。

「入庁許可証だよ。それがあればおまえでも堂々と閻魔庁の門をくぐれる」

たしかに赤い字で『閻魔庁入庁許可証』と刻まれている。

「いいの？」

「いいよ。血を分けた弟が音信不通となれば気掛かりだろう。会いに行ってやれ」

天鶩はほほえんで言った。自身の兄弟を想うような淡く優しい笑みだった。

「ありがとう、本当に助かるわ」

その笑みに親しみをおぼえながら、翠は何度も頭を下げて感謝した。

「閻魔王は会ってくれると思う？　初江王が差別撤廃に乗り気でないなら、おなじ対応なのかもしれない」

川下のほうに歩きながら、翠は問う。

「もしそうならどうする？」

「言い出しっぺが、恰好《かっこう》だけつけてあとは知らんぷりで見過ごしているなんて腹立つわ。嫌がらせおにぎりを食べさせて懲らしめてやる」

「なんだそれは？」

「激辛の具を握ったおにぎりよ。昔、悪さした弟を懲らしめるためによく作ったの。具に辛味と酸味が効いた赤唐辛子《とうがらし》の漬物が混ざっててね、おいしさにつられて食べると、しばらく舌がひりひりするから反省する羽目になるの。おかげで弟はいい子に育ったわ。そうそう、さっきの工房主に食わせてやったこともあるのよ。大鬼が大粒の涙を流して泣いているから、みんなで腹を抱えて笑ったわ」

翠が思い出して笑っていると、

「俺も食べてみたいな。辛いのは好きなんだ」

天鵞は興味をそそられたようすで言う。

「閻魔庁で再会できたら作ってあげる。でも覚悟しといてね。絶対に泣くから」

「たまには大泣きするのもいい」

「じゃあ、楽しみに待ってて」

「ああ」

なごやかに話して、下天ヶ瀬に繋がる橋の架かったところまで来ると、翠は天鵞と別れるために足を止めた。

去り際にふと彼が真顔になって告げた。

「気をつけろ。冥府はおまえが思うほど甘くはないぞ」

「……………」

翠は思わず息を呑《の》んだ。

釘を刺すような響きに、なにか、きりりと身の引き締まる心地がした。

「わかった。ありがとう」

下層民の立場は、おそらくどこへ行っても変わらないのだろう。

でも、それを少しでも良くするために自分は出向くのだ。もう逃げ隠れしたり、奪われて暮らしたくないから。

（きっと大丈夫。瑞月にだって会えるんだし……）

下天ヶ瀬に向かう天鶩の後ろ姿を見送りながら、翠は自身に言い聞かせる。

彼の姿があばら屋の陰に消えてすっかり見えなくなってしまうと、翠は仲間に飲ませる鷺豆を採り忘れたのを思い出し、ふたたび川岸に下りていった。

第二章 結家という氏

1.

冥界《めいかい》の住人は大きく三種類に分かれている。

最も多いのは鬼族で、体が丈夫で寿命《じゅみょう》も長い。個体によって差はあるものの、たいてい火や水などを操る自然由来の霊力を持っている。まれに異能と呼ばれる特殊な力を持つ者もいる。

上層の一割は、天界からおりて冥界に住み着いた天人《てんにん》の末裔《まつえい》である天人族。異能を持つ者が多く、十王をはじめ、官籍を持つ裕福な貴族はほとんどがこの血統である。

そして残りの二割が角《ツノ》も霊力も持たないツノナシや獣人などで、その見た目や肉体の脆《ぜい》弱《じゃく》さから不当な扱いを受けやすい。罪を犯してツノを折られ、霊力を失った鬼もツノナシとみなされる。

ちなみに死後、十王の審判を受けるのは、四苦八苦に悩まされる迷いの深い人間道《にんげんどう》の亡者だけで、地獄道《じごくどう》を生きた冥界人はみな、骸《むくろ》が朽ちたあとは自然に輪廻《りんね》の巡りに還《かえ》るだけだ。

立場の弱いツノナシたちは、たいてい偽物の角をつけて鬼のふりをして暮らしている。

翠《すい》も角がなかったから、天ケ瀬《あまがせ》に来るまでは付け角をして暮らしていた。

幼いころ、頭皮に角をつけるための軟膏《なんこう》を塗布《とふ》するのが嫌だった。

髪をかきわけ、地肌に直接塗りこめる。そこに獣《けもの》の牙から作られた本物そっくりの角を押さえてくっつける。はじめのうちはいいが、時がたつにつれてそこが爛《ただ》れてひりひりと痛みだす。

弟の瑞月《みづき》もおなじだった。軟膏の成分が肌に合わなかったのだろう。

母に取り去ってしまいたいと訴えても、角がないと危険な目に遭《あ》うからと聞き入れてもらえなかった。ひどい扱いを受けてもいいから、あの痛みを、偽物の角ごと拭《ぬぐ》い去ってしまいたいといつも思っていたものだ。

今回、翠は、冥都《めいと》へは付け角をしないで向かった。閻魔庁《えんまちょう》が差別の撤廃を宣言しているのだから堂々としていればいい。今はそういう気持ちだった。

「おい、翠よ、関所に着いたんだが、通行料が足りねえとさ」

荷馬車の荷台で、冥都に売られる反物《たんもの》と一緒に揺られながらうたた寝していた翠は、商人の明るい声で目が覚めた。

三日前、翠は村長に「冥都に行って弟の無事を確かめたい」と相談し、半月の暇を貰《もら》って天ヶ瀬村を出た。工房主には、折檻《せっかん》されたときにできた怪我の療養だと伝えてもらうことになっている。

翠を荷馬車に乗せてくれた商人は天ヶ瀬の工房に出入りしている顔なじみの老爺《ろうや》で、翠たちが村で織りあげた反物を各地に卸《おろ》している。

もともと冥都に行くならこの商人に連れて行ってもらおうと考えていた。入庁許可証を貰った数日後におりよく仕入れにやってきたので頭を下げて頼み込んだところ、荷台でもよければと快諾してくれたのだ。

商人も工房主とおなじで二本の角をはやした大柄な鬼だが、こちらはおおらかで情に厚く、決して翠たちを差別しなかった。

「通行料が足りないって……、値上げしたってこと？」

翠は目の前で通行人の手形を確認している関所役人のようすを眺めながら問う。

「そうらしい。倍近く跳ね上がってやがる」

商人は声をひそめて続けた。

「通行料なんか役人の胸三寸だからな。気まぐれで夜の酒盛り代なんかをふっかけてるのさ。今日は運が悪かったよ」

地方の関所ではよくあることだという。

「どうする、わしは急ぎでもねえし、余分に出せる金もねえから獄路《ごくろ》を使わず大回りして冥都に入ろうかと思うが」

そうなるとあと十日は余分にかかってしまうだろう。月末には村に戻ると約束したのに。しかし冥都での宿代も考えると、翠にも余分に払えるお金はない。

（でも、ここまで来たら一刻も早く着きたい……）

決めかねているうちに、順番が回ってきた。

「どうなさるんで？　後も詰まってるし、通るんならさっさと不足金を出してくださいよ」

関所役人が急き立《せ》ててくる。

翠は少し考えたのち、自分の荷物の中から天ヶ瀬上布《じょうふ》で織られた薄桃色の単衣《ひとえ》を取り出し、関所役人に見せた。

「これを通行料の代わりにしてください」

閻魔庁へ行くときはそれに着替えるようにと、工房の姐《ねえ》さんたちが持たせてくれたよそゆきだ。なにかあったときはお金に替えてもいいからと。

「ほお、よい色目だな」

関所役人は天ヶ瀬上布の上品な風合いに目をつけた。

「これは春先にとれた釉麻《ゆま》で織られた単衣なの。売れば通行料以上の値がつくわよ」

高値に目がくらんだ役人はふたつ返事で受け取り、道をあけてくれた。

「一張羅《いっちょうら》なのに悪《わり》ィな、翠よ」

無事に通関した商人が、荷馬車を獄路の入り口に向かわせながら詫《わ》びる。

「いいえ、気にしないで。先を急ぎましょ」

今、翠が着ているのはふだん村で過ごすときとおなじ、洗いざらしの粗末な綿の単衣に短めの裳袴《もばかま》姿で、袂《たもと》には継ぎはぎもある。閻魔庁にはこの襤褸《ぼろ》のままで行くことになるが仕方ない。みすぼらしい衣を着て暮らすしかない下層民たちの現状を閻魔王に知ってもらういい機会になるだろう。

その後、冥都へは予定通り半日で到着した。

足を踏み入れるのは何年ぶりだろう。幼いころ母と住んでいた時期もあるが、明瞭な記憶はあまりない。

目抜き通りの両側には、小料理店や呉服店、薬種問屋などがぎっしりと軒《のき》を連ね、貴賤《きせん》入り交じった多くの人で賑わっていて、ひさびさに目移りしてしまった。

屋台からはもうもうと湯気が立ち、蒸された饅頭《まんじゅう》や小麦粉の焼けるおいしそうな匂いが漂ってくる。

貴人はみな、色鮮やかな重ね着や差し色を入れた洒落《しゃれ》た着こなしで、翠が見たことのないような天然石の耳飾りや意匠を凝《こ》らした帯締め、結び紐《ひも》などで飾りたてている。簪《かんざし》のひとつも持っていない翠は、華やいだ装いが少々うらやましかった。

閻魔庁が聳《そび》え立つ中心部に行くにつれて、人通りも賑わいも増してゆく。

大門の前に着くと、礼を言って商人と別れた。

閻魔庁は数多くの殿舎や楼閣《ろうかく》からなる建築群である。四方は角楼《かくろう》の立つ高壁に囲まれており、内部は官庁の殿閣《でんかく》が集まる外廷と、閻魔王宮や宮苑の広がる内廷とに分かれている。

閻魔庁の庁舎は、反り屋根に黒瓦《くろがわら》の照り輝く五階建ての荘厳な高殿だ。

沙汰《さた》待ちの亡者は正門を訪れるが、翠は商人が教えてくれたとおり、官吏や御用商人などの冥府《めいふ》関係者が利用する西の大門に向かった。

ここに弟がいるのだと思うと、なぜか胸がいっぱいになった。

(やっと来たわよ、瑞月)

本人は来なくていいと言っていたけれど、こっちを気遣っているだけだ。会えばきっと喜んでくれるだろう。

天鳶《てんよう》から受け取った入庁許可証を手に、前に並んでいた馬乗りの役人に続いて大門を通過しようと歩を進める。

すると両脇で見張りをしていたいかめしい顔の鬼族の門番たちが、サッと槍《やり》を交差させて行く手を阻《はば》んだ。

「待て。ツノナシが何の用だ」

角がないのは天人族もおなじだが、翠の貧相な身なりでばれたようだ。天ヶ瀬上布の一張羅を着ていれば誤魔化しもきいただろうか。

「弟に会いに来ました。ここで働いているんです。それに、閻魔王にも話があります」

翠は堂々と答えた。

「閻魔王は多忙だ。ツノナシの娘がたやすくお目通りの叶う相手ではない。せめて付け角でもして出直してこい」

「入庁許可証ならここにあるわ」

翠は黒塗りの許可証を門番たちの顔の前にずいと差し出してみせた。

札を見た門番が瞠目《どうもく》した。

「文字が赤い」

たしかに刻まれた文字は赤色である。

「おまえのような下賤《げせん》の者がなぜこれを？」

「知り合いになった冥官《みょうかん》から貰ったんです」

「冥官からだと？」

ふたりの門番は顔を見合わせ、ありえないとばかりに首をひねっている。

なぜ翠の札は赤字なのだろう。後方で順番を待っている行商の男が手にしている札をちらと見てみると、文字は白色だった。もしや翠のは偽物なのだろうか。いや、先ほどの反応からして本物のはずだ。

不安を打ち消しながら札を握りしめると、門番たちがもう一度、翠の頭のてっぺんからつま先までをじろじろと眺めまわした。まるで値踏みするかのような疑わしげな眼《まなこ》で。

そして腑《ふ》に落ちないようすでふたたび札を見やる。

「…………」

それから門番同士で顔を見合わせ、ふたりともどうも納得いかぬふうに眉をひそめていたが、札がある以上、認めざるをえないようで、

「行け」

と槍を外して通してくれたのだった。

（よかった……）

ここまで来てつまみだされたらどうしようかと思ったが、無事に通過できた。ありがとう天鶩様、と彼に心から感謝した。

まずは瑞月に会いたい。彼はどこにいるのか。登庁当初に届いた便りによれば、配属先は吏部《りぶ》だったが——。

（吏部ってどこだろう？）

閻魔庁の庁舎に足を踏み入れ、吹き抜けの真ん中に立った翠は途方に暮れた。上の階までを仰いでみるが、広すぎて見当がつかない。

御用商人や関係者とおぼしき者たちは、翠を追い抜いてさっさと目的の場所に向かってしまうし、これから出かけるらしい官吏たちもみな慌ただしく、陳情を述べに来た庶民風《しょみんふ》情《ぜい》の翠には目もくれない。

あたりをきょろきょろと見まわしていると、案内板を見つけたので、さっそく吏部の位置を確かめてみた。

（三階か……）

電動式の木造昇降機を利用する人もいたが混雑している。中央から階段が伸びているので、そこを自力で上っていくことにした。

すれ違うどの官吏も絹艶《きぬつや》の良い官服を着て、角の邪魔にならない小ぶりの幞頭冠《ぼくとうかん》をかぶっている。

御用商人たちも、閻魔庁と取引できるくらいだからそれなりに財力があるらしく、洗いざらしの綿を着ているのは翠くらいのものだ。履物《はきもの》もみな形のよい革製の沓《くつ》で、藁草履《わらぞうり》を履いている人はひとりとしていない。

女性の官吏に至っては、宴《うたげ》にでも出るのかと思うほどの麗《うるわ》しい身なりで楚々《そそ》と歩いている。実際、お仕着せなのでそれほど華美でもないのだが、田舎暮らしの翠にはずいぶん華やいで見えた。

（わたしだけ浮いてる……）

村にいたときは、みんなが質素ゆえ気にならなかった。しかし、こうもまわりが垢抜《あか》けた人ばかりだと、かえって目立ってしまって居心地の悪さを覚える。

とはいうものの、襤褸を着て庁舎内を歩いてはならないという規則があるわけでもない。開きなおって堂々とすることにした。

吏部と記された札の掲げられた部屋を覗《のぞ》くと、何人かの冥官が机に向かって黙々と仕事をしていた。上座に座っていた年配の冥官が翠の姿に気づいて「どうされましたか？」と声をかけてきた。

「瑞月に会いに来ました。氏《うじ》は漆《うるし》です」

部屋に入った翠が答えると、冥官は首をひねった。

「うちにそのような者はおりませんよ」

今度はこちらが首を傾《かし》げる番だった。

「一年前にここに配属になった新米官吏です。話があるので会いに来たんです。わたしは瑞月の姉です」

「別の部署の間違いではないのかい？」

「吏部でまちがいありません。ちゃんと試験に合格して、こちらに配属になったと知らせを受け取ってるんです。合格証だってあります――」

翠は証拠となる登用試験の合格証を冥官に見せた。漆瑞月の名前で閻魔王の印璽《いんじ》も押されている。人事異動は基本的に春に一度だけだと聞いているから、必ずここにいるはずだ。

合格証を見た冥官は「たしかに合格証だね」と懐かしそうに書面を眺めたが、「しかしいないものはいないのでねえ……」と顎《あご》先の髭《ひげ》を撫《な》でている。

嫌な予感がした。

「どうなっているのか調べてもらえませんか。弟からも便りがなくて……」

「ここは獄《ごく》の管理運営をしてる部署でね、そういうのはうちの管轄《かんかつ》ではないのだよ」

冥官は迷惑そうに言った。

「では閻魔王に会わせてください。弟のことも知りたいし、村の窮状も伝えたいので」

「事前の約束もなしに閻魔様にお会いすることはできませんよ」

一番隅《すみ》の席の冥官が口を挟んできた。

それはその通りだろう。初江王《しょこうおう》にさえ会えなかった。

「約束はどこで取りつければいいんですか？」

「君、ツノナシだよね？　そもそもツノナシの君がどうやって入庁できたの？」

年配の冥官がいぶかしげに翠の顔を覗いてくる。

「これです」

翠が入庁許可証を見せると、冥官の顔つきが変わった。

「ん？　こいつは文字が赤い」

赤と聞いて、その場で聞き耳を立てていた官吏たちも顔色を変えた。

「なに？　我々にも見せてください」

みなが一斉に席を立ってわらわらと集まってきた。

「本物なのか？」

「……本当だな。文字が赤いぞ」

「おお、たしかに赤字だ。おまえ、どこから来たんだ?」

幞頭冠の男たちに覗き込まれて翠は萎縮《いしゅく》した。赤色だとなんだというのだ。

「天ヶ瀬から来ました」

「蓮野《はすの》で有名な天ヶ瀬……?　初江州からか」

「赤字だとなんなんですか?　ほかの人の許可証は白い文字のようでしたけど……」

「まさしく。通常は白い文字が刻まれている。これは閻魔王が花嫁候補として目をつけた相手に渡すと言われている特殊な札ですよ。わたしも見るのははじめてだが」

年配の冥官に告げられ、翠はぎょっとした。

「閻魔王の花嫁候補って……どういうことですか?」

「そういうことです。適齢期の閻魔王には縁談が山のようにあるが、当のご本人は結婚に興味がないらしく見向きもされない。で、困り果てた侍従《じじゅう》が『お忍び歩きのときに市中で気に入った娘でもいれば渡してください』と閻魔王にこの特別な入庁許可証を渡してあるというのです。つまりこの札を受け取った女性は閻魔王の花嫁候補ということ。あくまで噂《うわさ》にすぎず眉唾《まゆつば》だと思ってましたがねえ、まさか実物を拝めるとは……」

皆、眼福とばかりに札を眺めている。そこへ、

「ありえないわ!」

甲高い女の声が割って入った。見ると女の冥官も四、五人詰めかけていて、

「こんな貧相なツノナシの娘が花嫁候補だなんて、なにかの間違いでしょう」

「そうよ。閻魔王が相手にするわけないわ」

声も高らかに非難された。たしかに三日越しのくたびれた衣を着て髪は乱れ、化粧もほどこしていない翠は貧相である。こんな自分が閻魔王の花嫁候補になるはずはない。女冥官たちの言う通り間違いだろう。

「おまえ、これをどこでどうやって手に入れたの？」

ひとりが高圧的に問い詰めてくる。

「村に来た役人に貰いました」

「冥官に？　どうしてただの冥官が花嫁候補の札を持っているのよ？」

「そんなのこっちが訊《き》きたいです」

浄玻璃《じょうはり》の鏡を映し出す力を持つ閻魔王は、瞳の色が柘榴《ざくろ》石のごとく赤いと言われている。だからあの天鴦という青年が閻魔王のはずはない。となると、これは彼が閻魔から預かったものか、偽造品である。

(それを適当に渡された――？)

いずれにしても、翠だって顔も見たことのない閻魔王と結婚する気などない。そもそも身分が違いすぎる。

「札はどうでもいいから、閻魔王に会わせてください」

　ここまで来たからには、なんとしてでも弟の安否をたずね、村の実情も訴えねばならない。

「どうでもよくないわ。正直におっしゃい。これをどこで手に入れたのか！」

　女冥官が眦《まなじり》を吊り上げた。閻魔の花嫁になりたくて敵愾心《てきがいしん》を燃やしている。

「だから役人に貰ったのだと言っているでしょ」

　さすがに苛立《いらだ》ちはじめて言い返すと、

「長官、庁内告知です」

　翠のうしろからあらたな冥官がやってきて、告知内容を記したと思われる書状を年配の冥官に手渡した。この人が長官だったらしい。

「なにかね？」

　長官が書面に目を通す。

「さきほど大学寮で獄賊《ごくぞく》による襲撃があったようです」

　大学寮は冥府が運営する官吏育成機関で、閻魔庁内に学び舎《や》があり、官吏候補生となる貴族や豪商の子弟が多く在籍している。

「白昼堂々、暇なやつらだな」と長官。

「初江王のご令息が腹部を刺され、現在は意識不明の重体だそうで」

（初江王……？）

翠は聞きとがめる。

「賊のひとりが捕まったので拷問《ごうもん》にかけたところ、狙いは初江州の天ヶ瀬村のツノナシ粛清を阻止することだったようです」

翠は耳を疑った。

「ツノナシ粛清って、そんな計画があるの？」

伝達に来た冥官が、みすぼらしい身なりの翠を見て眉をひそめた。

「なんだおまえは？　まだ調査中なので詳細はわからん」

「なぜ初江王の息子が狙われたの？　まさか初江王が粛清を計画してるとか？」

「まさか。閻魔王が差別の撤廃を促《うなが》しているこのご時世にありえんだろう」と冥官。

「賊どもの目的は、弱者をないがしろにするなという初江王、ひいては冥府への脅しでしょうな」

長官が言った。

「…………」

となると計画しているのは景勝地を守りたい下天ヶ瀬の連中だろうか。ろくな対策もとらせず、ツノナシの人権も無視していきなり排除するなんてひどすぎる。

「おまえは天ヶ瀬出身だったわね」

「実はおまえも賊の一味なのでしょう？」

女の冥官たちが鋭い視線を向けてきた。すると、

「おお、たしかに君も立派な関係者だな。ツノナシがここに入り込めるなど、妙だと思ったんだ」

長官は同時に、通路にいる獄卒《ごくそつ》に手をかざして合図した。

その場にいた冥官たちも、一斉に警戒を深める。

「待ってください、わたしはなにも知りません。ただの偶然です。獄賊の知り合いもいないわ」

そもそも村人のだれかが賊と関わっているという話も聞いたことがない。

「おまえ、さっき入庁許可証は役人がくれたと言っていたわね。なんという名の役人なの？」

女冥官が刺々《とげとげ》しく訊いてくる。

「天鶩という人よ」

「天鶩様ですって？」

女たち一同が目をむいて仰天の声を上げた。

「あなた、よくもそんな大それた嘘《うそ》がつけるわね」

「なんて罰《ばち》当たりな娘なのかしら。もっとマシな嘘はつけないの？」

「嘘なんかじゃない。たしかに閻魔庁の冥官だと言ってたわ」

確証はないので少しばかり不安になりつつ返すと、いっそう非難囂々《ひなんごうごう》の嵐が巻き起こった。

「さすがツノナシはお芝居も浅はかで低俗ね」

「おつむがどうかしているのだわ。札もどうせ偽物か、どこかの貴族の娘から盗んだのでしょう。手癖の悪いツノナシがやりがちなことよ」

そのいらぬ先入観が差別を生むのだと翠は怒りたくなったが、この状況では言い返せない。

「真相はわからんが……、現状だと君の身柄は拘束せざるをえない。ひとまずお縄になりなさい。これは押収品として刑部《けいぶ》に渡しておくよ」

長官が許可証の札をとりあげると、通路から入ってきた獄卒ふたりが両脇を固めようとしてくるので、翠はするりとかわして後方に退《しりぞ》いた。

「わたしは嘘なんかついてない。獄賊とも関わりはありません！」

するとさらにもうひとり獄卒があらわれて背後を取られた。肘鉄《ひじてつ》を食らわせ、かろうじて捕縛は免《まぬが》れたものの、結局、元いた獄卒ふたりにがっちりと捕えられてしまった。

「はなしてよ！」

身をよじって抵抗したが、屈強な鬼三人の腕力にはさすがに丸腰では勝てない。

「ほら、このすばしっこさが堅気《かたぎ》の娘でないことを物語っているわね」

翠を獄賊の一員だと決めつけて、女冥官のひとりが蔑《さげす》みの目で見下ろしてくる。

（なんだかよくわからないけど、厄介《やっかい》なことになったわ……）

なにを言っても、もはやなにひとつ聞き入れてはもらえない。

翠は獄卒に抱えられ、そのまま吏部からつまみだされてしまったのだった。

2.

「ここで沙汰を待て」

翠は閻魔庁の北の端にある、冥都の罪人を閉じ込めておく獄舎《ごくしゃ》に連行された。

手の届かない壁の上部に明かり取りの窓がひとつあるだけの、暗くて埃臭《ほこり》くじめじめとした地下牢《ろう》だ。夏場の織物工房の作業部屋を思わせる劣悪な環境だった。

せっかく閻魔庁に入れたのに投獄《とうごく》されてしまうとは。

（でも、瑞月が吏部にいないことははっきりしたわ）

それがわかっただけでも進歩だと思い直す。

（え？）

鉄格子《ごうし》の向こうに押しやられた翠は、暗がりではっと息を吞《の》んだ。

監獄《かんごく》には先客がいた。壁に背をあずけて座り込み、ぐったりと頭を垂れている。

中年にさしかかった細身の男で、頭に角はない。先ほど会話にのぼっていた獄賊だろうか。目を閉じていてぴくりともしない。意識があるのかどうかもわからない。

ぼさぼさにちぢれて乱れた蓬髪《ほうはつ》、痣《あざ》のできた額や頰《ほお》、血のにじんだ口元、腫《は》れあがった唇、血痕《けっこん》の滲《にじ》んだ衣などが、乱闘の激しさ、あるいは拷問の苛烈《かれつ》さを物語っている。

おそらく、じきに死ぬだろう。

「先刻、大学寮でひと暴れした連中のひとりだ。知り合いか？」

格子の向こうから獄卒に問われるが、翠はかぶりをふって正直に答えた。

「いいえ。知らないわ。村人でもない。天ヶ瀬の集落にこんな男はいないわ」

翠が答えると、声を聞きつけたらしい男がよろよろと首をもたげた。そして翠の顔を見たとたん、不自然なほどに大きく両の眼《まなこ》をみひらいた。

目が合って翠はびくりとした。満身創痍《そうい》でも、目だけは異様にギラギラしていた。

（なに……？）

男が身を乗り出そうとしてきたため、翠は身を硬くした。だが実際は力尽きていて、顎先をわずかに動かしただけだ。

「おまえ……、おま……え……は……」

血糊《ちのり》のついた乾ききった唇を震わせ、擦《かす》れた声を絞り出す。

「あなたは、だれ？」

何者なのか。獄賊は主に下層民やならず者で構成されているが、いくつもの組織が存在し、思想や信念もさまざまだ。中にはまったくの無法者ばかりの集団もある。

「ツノナシ粛清計画があるのは本当？　だれが計画してるの？」

翠は男の前に膝《ひざ》をつき、慎重に問う。しかし、男に翠の問いは通じていない。

「む……結……家を……」

ふたたび絞り出された声に、耳を疑った。

「いま、なんて……？」

むすび。結家《むすび》と言わなかったか？

男は乾いた唇をさらにはくはくと動かす。必死に、言葉を紡《つむ》ぎだそうとして。でも声にはならず、聞き取ることができない。

死が迫っているのがありありとわかった。消えゆく灯《ともしび》にはかなくすがって、祈るような目をして声を出そうとするのに。

結家を――。

その先はなんなのだ。結家をどうしたいのか。そもそもなぜ断絶したはずの氏を知っているのだ。

「なに、もう一度言って？」

翠は男の口元へ耳を近づけたが、やはり声にはならない。

一瞬、廻帰《かいき》の力を使おうと思った。だが、死にゆく人を救うことはできない。翠も相当な体力を消耗《しょうもう》し、下手《へた》すればこちらが死ぬことになる。なにより、背後で獄卒がじっとふたりのようすを監視している。

男はがっくりと頭を垂れた。

「待って、死なないで。何と言ったの？　もう一度聞かせて。おねがい、目を覚まして！」

男の肩を揺らすも反応はない。もはや目を開ける気配すらもなかった。

「死んだか」

獄卒が賊の男の顔を覗きながら聞いてくる。

「……ええ」

死んでしまった。

なにか言おうとしていたのに、聞いてあげられなかった。

胸がひどくざわざわする。結家を――聞き間違いでなければ、男はそう言った。

それは母の先祖がかつて名乗っていた氏だ。幼いころ教わった。翠も瑞月も、結という廻帰の力を持つ一族の血をひいているのだと。その氏は、自分たちを幸せにも不幸にもする。だから穏やかに暮らしたいのなら、決して人に話してはならないのだと。

なぜ結家の名を獄賊が口にしたのだろう。

（どこのだれかわからないけれど――）

翠は動揺を抑えながら、静かに手を合わせた。人間でも地獄道《じごくどう》を生きた衆生《しゆじよう》だから、十王の裁きは受けない。

（もしかして瑞月が……？）

ふと湧いて出た考えに、ひやりとした。瑞月が獄賊と通じているのだろうか。

まさかそんな。瑞月はどちらかというと柔和な性格で、血の気の多い賊などと関わるとは考えにくい。

（一体どこにいるのよ、瑞月……）

粛清計画についても気になる。獄賊が動くほどに話が進んでいるなら、阻止せねば。

天奮は初江王に村のことを口添えしてくれそうな口ぶりだったが、実際どうだったのだろう。女冥官らの反応からすると名の知れた冥官らしい。けれど、瑞月同様、どの部署に在籍しているのかわからないから確かめようもない。

（会わせてくれるよう頼んだって、聞いてもらえないだろうし……）

やはり下層民を擁護《ようご》してくれるであろう閻魔王に直接訴えて、事態を丸く収めてもらうのが一番いい。

背後をふり返った。

（まずはここを出ないと……）

しかし堅牢な格子が行く手を阻む。

続いて獄卒に目をやった。体調が悪かったりしないだろうか。なにか取り入る隙《すき》を見つけるべくじっと観察してみると、ふと胸元に、絡まって壊れかけたままの銀細工の首飾りを下げているのが目に留まった。

「ねえ、それ、素敵な銀細工だけど絡まってしまっていて残念ね」

翠はじっと首飾りに視線を注いだまま話しかけた。透かしやつまみ細工が見事な女物の首飾りだが、ところどころ潰れているし、鎖が絡まって団子状になっている。そこへさらに鎖を繫《つな》げてぶら下げているのだった。

「ああ、こいつは死んだ女房の形見なんだが、捕り物の最中に盗まれかけてな、なんとか取り返したときにはこのザマよ。こだわりの一点ものだったんだが、作った職人も死んじまって、もう直せるやつもいねえ」

獄卒は飾りに触れながらそう言った。

たしかにこれほど絡まって、細工も崩れかけたものを直すのは玄人《くろうと》でも難しそうだ。が、この程度なら廻帰の力を使い、たやすく元の状態に戻せる。

「わたし、細かい作業が得意だから、もしかしたら直してあげられるかもしれない。ちょっと見せてみて」

格子の間から手を差しだしてほほえみかけた。

うまくいけば獄卒を引き込むことができるかもしれない。

3.

閻魔庁の南の正門をくぐると、白い砂利《じゃり》の敷き詰められた広大な庭が広がり、一本の石畳の道が延びている。

その先に聳える吹き放ちの広縁を持つ殿舎は、閻魔王が亡者に裁きを下す光明殿《こうみょうでん》である。

亡者は死後、閻魔王が遣わした奪精鬼《だっせいき》、奪魂鬼《だっこんき》、縛魄鬼《ばくたくき》の三鬼に魂魄《こんぱく》を抜かれ、冥途《めいど》の旅に出る。死出《しで》の山や三途《さんず》の川などの数々の難所を越えながら、七日ごとに冥界の王による審判を受けて、その後の処遇を決められるのだ。

まず七日目に殺生《せっしょう》の罪を問う秦広王《しんこう》に、十四日目に偸盗《ちゅうとう》の罪を問う初江王に、二十一日目に邪淫《じゃいん》の罪を問う宋帝王《そうてい》に会い、二十八日目には五官王《ごかん》のもとで業《ごう》の秤《はかり》にかけられ、堕《だ》地獄《じごく》かどうかの判決を受ける。

閻魔庁に来るのは三十五日目で、この段階で六道《ろくどう》のうちどこに生まれ変わるかがおおむね決定する。

その後、さらに間違いのないよう変成王《へんじょう》のもとで審理をかさね、四十九日目に泰山王《たいざん》によって正式に来世の転生先が宣告されるのだ。

一部の亡者は平等王《びょうどう》、都市王《とし》、五道転輪王《ごどうてんりん》のもとで再審があり、三回忌まで待ってようやく裁定が下る場合もある。

　裁定の間で司命《しみょう》（亡者の罪状を読みあげる冥官）の役目を担う樒《しきみ》は、檀上で閻魔王の天鴦がかすかに嘆息したのを見逃さなかった。

（お疲れだな……）

　死後、十王の審判を受ける亡者は一日およそ三千人余り。

　途中の審判で早々に堕地獄が決まる極悪人もいるし、たいていの亡者は閻魔王の印璽が押された判決文を明光院《みょうこういん》の前庭で受けるのみで、閻魔の廷にまでは上がることなく終わる。閻魔王が直接裁くのは、重罪を抱えているか、もしくは五官王から特別に申し送りのあった一部の亡者だけだ。

　それでも一日に三千件の罪状に目を通し、問題児だらけの審判を十件近くこなし、さらには冥府や獄に関する政務も諸々《もろもろ》あるので閻魔王は多忙を極める。

　このところ人間道で天災があったために亡者の数が増加しており、しかも今日は朝から問題のある亡者が多く、審理も長引いた。いつも以上に疲労が募っていることだろう。

　天鴦が優しいのは、はじめだけである。

　浮世での言い伝えとは似てもにつかぬ端整な美貌《びぼう》に、人当たりの良い笑みを浮かべて問いただすので、たいていの亡者は安堵《あんど》して、みずからが犯した罪業《ざいごう》の重さも忘れてぺらぺらと身勝手な釈明をはじめる。

しかし言い訳をくりかえすうち、閻魔は鬼よりも恐ろしい夜叉《やしゃ》か羅刹《らせつ》のごとき様相に変貌《へんぼう》し、雷が轟《とどろ》くような声で赫怒《かくど》しだす。すると亡者は腰を抜かして命乞いをはじめるか気絶するのだ。

もちろんそれは天鴦が見せているまやかしにすぎない。本地仏《ほんじぶつ》である地蔵菩薩《じぞうぼさつ》の力でもって慈悲に基づく戒《いまし》めのひとつとして垣間見せる仮の姿だ。

今日も最後の亡者が腰を抜かした。

若年期に犯した婦女暴行の罪が堕地獄の決定打となった男である。

榓が読み上げた罪状にふてぶてしく「虚言が混じっていた」と異議を唱えるので、天鴦が仕方なく浄玻璃鏡を使って真実を見せしめての詮議《せんぎ》に移し、それでもなお堕地獄を拒んで醜《みにく》くお目こぼしを懇願するので、非情の御姿を呈《てい》して怒りをあらわしたのだった。

この廷で読み上げられる罪状は、亡者の生前の行いをすべて把握《はあく》している倶生神《くしょうじん》の報告に基づき、すでに秦広王、初江王、宋帝王、五官王の四王が審理し、閻魔庁を含む、各庁の冥官らが細かに精査した結果だ。誤りはまずない。

いい加減、嫌気がさしていた髭面の左獄司《さごくし》が、床にへたばった亡者に嫌みを言った。

「そなた、三途の川からここまで来るおりに、すでに各王庁にて軽い責め苦を味わわされたであろうに、まだ懲《こ》りずに嘘を塗りかさねるか？」

亡者は恐々としながらも声を絞り出す。

「な、何度でも言いますけど……じ、自分は頼まれて相手をしただけで……、そのあと自殺したのは本人の問題だ。当時、人間界での裁判でも無罪だった。……自分は絶対になにも悪くない……っ」

するとふだんは寡黙《かもく》で温和な右獄司《うごくし》も、めずらしく細面《ほそおもて》に渋面を作って物申した。

「愚《おろ》かな。娑婆《しゃば》の判官は騙《だま》せても閻魔王の目は誤魔化せません。その往生際の悪さには地獄天子の愛想も尽きるというものです」

亡者を威嚇《いかく》するために控えていた獄卒までが、

「うぬの堕地獄は免れまいて。調子付けに一丁、舌を引き抜いてやろうか？」

ついにヤキを入れようと大きな鉄鉗《やっとこ》を構える。

ひととおり説教を終えている天鴦が、もういいとばかりに手をかざしてそれを制した。

「判決を言い渡す。汝《なんじ》は大叫喚地獄《だいきょうかんじごく》の一切闇処《いっさいあんしょ》に参れ」

一切闇処は大叫喚地獄の別処《べっしょ》で、強姦《ごうかん》事件を起こしても虚言で固めてしらを切り通し、相手を犯罪者に仕立て上げた者が落ちる小地獄だ。至極妥当な判断である。

左獄司が髭をもてあそびながら思わせぶりに言った。

「一切闇処といえば、獄卒に頭を裂かれ、引きずり出した舌を熱鉄の刀で八つ裂きにするところですなあ。あらたな舌が生えてくれれば、またおなじことを延々とくりかえされるという……」

亡者が青ざめて声を洩《も》らした。

「ひっ……」

獄での責め苦は亡者を懲らしめるだけでなく、罪業の重さを認識させ、改心を促すために存在している。

「汝の最大の罪は己を省《かえり》みないことにある。よく誡《いまし》めを受けとめて猛省せよ。以上。次」

天鴦が閻魔帳を閉じて次を促すと、「本日はこやつが最後です」と脇に控えた補佐官が告げた。

天鴦は「そうか」と少々ほっとしたようすで受け止めた。

「では、これにておひらきとしよう」

最後の亡者が獄卒にひきずられて退場するのを見届けてから彼が告げると、

「ご苦労さまでございました」

司命と司禄《しろく》、右獄司と左獄司、三人の獄卒、それに補佐官一同が揃《そろ》って頭を下げた。

浄玻璃鏡や両脇の檀拏幢《だんだとう》の顔に布がかぶせられて閉廷すると、亡者を威圧するために張りつめていた廷内の空気が一気にゆるんだ。

「あー疲れた。半日で審判十件はさすがにきつい。……榣、ちょっと肩揉《も》んで」

天鴦が伸びをしながらせがんでくる。

「はい、ただいま」

榕は奏上済みの巻物を整理する手を止めて、席を立った。

司命や司禄、三途の川にいる奪衣婆《だつえば》などの要職は、基本的に世襲制であり、榕も代々、閻魔王に仕える家柄に生まれ、一応、官吏登用試験もそこそこの成績で合格し、数年の見習い期間を経《へ》てこの職についた。さいわい天鴦とは年齢が近く、近臣の中では重宝されているほうだと自負している。

「那霧《なきり》はお茶を淹《い》れてまいります」

判決文を書き終えた向かいの席の那霧が、にこやかに告げて腰を浮かせかけた。

冥界きっての名家の生まれで、おなじ時期に司禄（審判の内容を書き記す冥官）の職についた相方である。おっとり、のんびりな性格とはうらはらに、咳《せき》払いひとつも見逃さずにきっちりと正しく書き記す手腕は見事で、ふわりと肩下まで波打つやわらかな髪と甘めの顔立ちは、規定ぎりぎりまで挑んだ装飾美あふれる装いとともに全若手女官の憧れだ。

そこへ、

「主上。さきほどツノナシの妙な娘が閻魔庁に潜り込みまして」

袍《ほう》の刺繡《ししゆう》の色からして刑部の冥官とおぼしき男が、あわただしく入ってきて告げた。

「ツノナシの娘？」

天鴦は眉を上げた。

「はい。なんでもその娘、閻魔王の花嫁候補の招待札を持っていたそうで、閻魔王に会いたいと言ってきかないのです。先刻起きた大学寮襲撃事件ともかかわりのある人物かもしれないので牢に閉じ込めておきましたところ、看守が娘にすっかりとほだされたようで、会わせてやってくれと懇願されまして」

「看守がほだされた？」

「はい。異能持ちで、暗示でもかけられたのではと」

「なにを言っておるのだ、ツノナシの娘が異能持ちなわけがなかろうて」

席でくつろいでいた左獄司が、小指の先で耳の穴をほじりながら呑気《のんき》に言った。

「例の招待札、お使いになったんですか？」

榼はそこが気になって天鴦にたずねた。

天鴦は女嫌いではないが、結婚となれば立場上、いろいろなしがらみも出てくる。それが面倒なのか、これまで花嫁選びにはさっぱり興味を示さなかった。男色なのではと疑いの声までが囁《ささや》かれるほどだ。

そこで侍従が、『この際、市井《しせい》の女でもよいから、まずは好みの娘を閻魔王宮に連れてきてほしい』とひねりだした苦肉の策だった。

自分の知る限り、これまで一度も出番はなかったのだが。

「心当たりはある」

天鴦が答えると、

「なんと！　どのような素性の娘なのです、非常に興味深い」

左獄司がずいと身を乗り出してきた。自身も含め、娘を花嫁にと狙う臣下は多いので、抜け駆けされたくはないのだろう。右獄司も目を瞠《みは》っている。

刑部の冥官が答えた。

「ですからツノナシの薄汚い娘です。招待札が偽物なら立派な侵入者であり罪人です。獄賊とのかかわりも疑わしいので主上の裁量を仰ぐことにしましたが……。いかがなさいますか？」

一同は天篶の出方に注目した。

天篶は三年前、種族や財力による身分差別は無益だからと、冥府高官らの反対を押し切って官吏登用条件から種族の制限をなくした経緯がある。なのでツノナシに興味を持つのはありえないことでもないのだが――。

さすがに無戸籍であろう下層民の女を妻の座に迎えるとは考えにくい。

（演出の一環なのかな？）

これは意外だと榁も意表をつかれていると、

「通してくれ」

審判のときとおなじ、冷静な調子で告げた。

ほどなく、刑部の冥官と獄卒に脇を固められて、両手を後ろ手に縛られたひとりの娘が裁定の間にやってきた。報告の通り、角《ツノ》をもたない若い娘である。

「おい、閻魔王の御前だ。粗相《そそう》のないようにしろよ」

脇にいた冥官に小声で耳打ちされ、娘は緊張したようすで顔をあげた。

いかにも賤民《せんみん》らしいくたびれた粗末な衣を着て、髪も乱れ、肌も土埃に汚れている。お世辞にも麗《うるわ》しい女とは言いがたいが、目鼻立ちそのものは女らしく整い、淀《よど》みのないきれいな目をしていた。寸足らずの裳袴の裾《すそ》からは形のよい脚《あし》がすっきりと伸びている。

（磨けば光りそうな女だな……）

檀上で待つ天鴦の顔をちらと見ると、いつもの無表情ではあるが、目つきは関心の高そうなのが見てとれた。補佐官ら一同も、みな興味津々《しんしん》で娘に注目している。

しかし閻魔王に会いたがっていたという娘の表情は、驚愕《きょうがく》一色だ。

閻魔王を前にして、伝承の姿との不一致に驚く亡者は少なくはないが、これは少々、驚きの種類が違っているようだった。

4.

「天鴦様……」

翠は、紫檀《したん》の机の向こうに座している閻魔王の姿を見て息が止まりそうになった。

あのときの男だ。天ヶ瀬村で会った冥官の青年――。

ただし瞳が赤い。一瞬、他人の空似かと思った。けれど顔立ちは記憶にある天鴦にそっくりだし、耳にはあの日とおなじ金の耳飾りをしていた。

「天ヶ瀬で会ったな」

天鴦が、顔を上げた翠にほほえみかけてきた。

やはり天鴦本人なのだ。見覚えのある笑みに親しみを抱きかけたものの、

「でも、瞳の色が……」

噂に聞いていたとおりの、柘榴石のごとき深く美しい深紅の双眸《そうぼう》に釘付けになる。

「今は勤務中だからね。こちらが本当の姿なんだ」

別の色を擬態していたということか。まさか地方の村にふらりとやってきた冥官が閻魔王だとは思わなかった。

翠はあわてて跪《ひざまず》き、みぞおちのあたりで手を合わせて礼をとった。

冥界では感謝や敬意を示す際に、みなこの所作をする。身分の高い相手、とくに十王は本地仏の座を預かっている尊い身分なので、謁見《えっけん》となれば跪いて合掌《がっしょう》するのが礼儀である。

投獄された翠はあのあと、看守の壊れた銀細工の首飾りを直すことに成功した。そしてその器用な腕前――実際は廻帰の力にすぎないが――にいたく感心した看守が、翠の訴えに同情して上にかけあってくれて、閻魔王に会わせてもらえる運びとなったのだ。

あくまで罪人扱いであり、今後の処遇を仰ぐためだという。それでも意見は伝えられるのだからと期待して臨んだのだが——。

(閻魔王が天鳶様……)

女冥官たちが騒いだわけだ。

翠が驚きのあまり声を発せないでいると、彼が席を立ってこちらにやってきた。

身に纏《まと》っているのは黒に赤をさした意匠の凝らされたつくりの大袖《おおそで》である。頭に宝冠を載せたその判官姿は、侵しがたい威容に満ちていた。帯飾りや玉佩《ぎょくはい》、錦《にしき》の蔽膝《へいしつ》、金襴《きんらん》で雲《うん》龍《りゅう》紋様の織りだされたまばゆいほどの襟《えり》や裾が、天鳶の浮世離れした美貌を引き立てている。

「残念ながら薬の効き目はいまいちだった」

責めるでもなく、思い出話でもするような調子で天鳶が言った。

鷺豆は、翠が廻帰の力を使わなければ目覚ましい効果は期待できない。

「煎《せん》じ方のせいだと思います。わたしが煎じたものを飲ませてあげてください。きっと効果があるはずだから」

合掌をといて立ち上がった翠は緊張しながら返した。当然だが、天鳶との間には天ヶ瀬のとき以上の隔たりを感じた。

天鳶はひとつ頷《うなず》いたあと、たずねてきた。

「なぜ投獄などされる羽目になったんだ？　まさかおまえも獄賊だったのか、翠」

ちゃんと名前を憶えていてくれた。それに本気で疑っているふうではなさそうだ。

「違います。事件が起きたのはただの偶然です」

翠はきっぱりと否定した。

「どうして花嫁候補の札なんてわたしに……？　門番以外はだれも、あの札が本物だとは信じてくれませんでした」

期待しているわけではないが、本人を前に問うのは少々どきどきした。

「手持ちのものがあれしかなかったんだ」

天鴦はあくまで淡々と答えた。すると翠の右側の席から、

「そんなことだろうと思いましたぞ」

左獄司とおぼしき、でっぷりと肥《こ》えた髭面のおやじが納得したようすで頷いた。ツノナシの娘が閻魔王の花嫁候補など、あってはならぬと言いたげだ。

翠自身もまあ似たような心境だったので聞き流し、

「ツノナシ粛清計画があるのだと聞きました。大学寮の襲撃はそれを阻止するためだったのだと」

翠は一歩、天鴦に詰め寄って続ける。

「粛清だなんて、やめさせるよう初江庁に言ってください。天ヶ瀬の景観を守りたいなら

釉麻の収穫量を減らせば済むことだわ」

「おまえ、閻魔王の御前だぞ。身の程をわきまえよ」

そばに控えていた刑部の冥官が冷ややかに窘《たしな》めた。

「…………」

たしかにでしゃばりすぎかもしれない。村人の命がかかっているのだと思うとつい焦って力が入ってしまった。翠は少し冷静になろうと息をついた。

すると天鴦が端的に告げてきた。

「大学寮の襲撃事件については現在調査中だ。粛清計画とやらも確認はとれていない。事実なら取り締まるよう初江庁に言い渡すつもりだから安心しろ」

思慮深く誠実な印象は、天ヶ瀬のときと変わらない。

「感謝いたします」

このまま看過するつもりはなさそうなので、翠は深く頭を下げて礼をとった。

「弟にはまだ会えていないのだな？」

彼が話題を変えた。

「はい。吏部にいるはずなのに、いませんでした」

「きみの弟が吏部に？　閻魔庁に採用されたのですか？」

翠の左手から糸のように細い目をした長髪の右獄司がけげんそうに訊いてくる。柔和な物腰で、理解がありそうな高官だった。

「そうです。官吏の試験にちゃんと合格して――」

「さきほど、合格証だと言い張ってこれを見せてきました。偽造でしょうか？」

隣に控えていた刑部の冥官が、翠から押収した瑞月の合格証を天翥に見せた。

「たしかに私の印璽が押してある。偽物だとしてもよくできているな」

紙面を眺めながら、しみじみと天翥がつぶやくと、

「感心している場合ではありません、偽造工作などする不届き者がいるということですぞ」

左獄司が険しい顔で言った。

「偽造だなんて決めつけないでください。弟はちゃんと試験を受けて合格したんです。調べればわかるはずです」

翠は左獄司に言ってから、さらに天翥に詰め寄った。

「お願いです。弟について調べてください、天翥様」

「これ、気安く閻魔王の名を呼ぶでないっ」

左獄司がいちいちケチをつけてくる。

「お気をつけください、主上。看守がひとり、この娘に洗脳されております」

刑部の冥官も、翠の肩と腕を取り押さえて警戒する。

「洗脳なんてしてません。首飾りを直してあげたお礼に動いてくれただけよ」

翠は身をよじって冥官の手をふり払った。後ろ手に縛られているので動きづらい。

「どうされますか、この娘？」

司命の若い青年に伺《うかが》いを立てられ、天鴦はじっとこちらを凝視してくる。

「…………」

翠は思わず身を硬くした。

なにもかも見透かしていそうな冴《さ》え冴《ざ》えとした深紅の双眸。貴石のごとき美しさだが、どこか妖《あや》しくもある。気を抜くと意思を搦《から》めとられてしまいそうだ。実際、この目で何人もの亡者が生前の悪行を暴かれている。

でも、自分には後ろ暗いところなどないので胸を張っていようと見返していると、

「しばらく拘留《こうりゅう》かな」

翠を見下ろしたまま天鴦がつぶやいた。

「なぜですか？」

裏切られたような心地になった。弟に会ってやれと自分を閻魔庁に導いてくれたのは天鴦なのに――。

するとと右獄司が言った。

「異能持ちのツノナシはめずらしい。事件のこともあるし、なにか企《たくら》んでいる危険分子かもしれないのでひとまず牢獄にいれておくのが妥当でしょう」

これに左獄司も同意して頷いた。

「まあ、檻《おり》に閉じ込めて待てば、そのうち尻尾も出てくるだろうて」

「……………」

どうやら獄賊の一味だと思われているようだ。異能持ちであるのが漠然とばれているのも厄介である。

「わたしはなにもしていない。牢獄へは入りません。ここへは弟を探しに来たんです。弟に会わせてください！」

翠がもう一度、天鵞に訴えかけると左獄司が、

「黙れ。ツノナシ風情が閻魔王に逆らうなど万死《ばんし》に値する。本来ならそなたは即刻磔刑《たっけい》であるぞ」

厳しく非難してきた。続いて、ひとりの補佐官が声高《こわだか》に同意した。

「ぜひそうすべきです。近頃勢いづいている獄賊どもにはよい見せしめになるのでは？」

「賛成です。閻魔庁内で襲撃などという不届き行為が許されるはずがありません。ここは極刑をもって彼らを牽制《けんせい》すべきです」

反対側の補佐官からも声があがる。

「そんな……」

思いがけず危うい流れになってきて翠は絶句する。下層民とはこれほどまでに簡単に始

末されてしまうものなのか？

「磔刑はない。かえって彼らを刺激するだけだろう」

天奮は冷静に流し、なにか思案するふうに数拍黙り込んだあと、

「この娘は私のほうで監視するよ。那霧、翠を内廷で囲うよう指示を出しておいてくれ」

司禄の若い女冥官を見て命じた。

「はい。かしこまりました」

那霧と呼ばれた司禄の女冥官は、にこりと笑みを浮かべて席を立った。ふわりと波打つ柔らかそうな蜂蜜《はちみつ》色の髪が、甘い顔立ちによく似合っている。

（内廷というと閻魔王宮のことだから、わたしは閻魔王の監視下に置かれるのか……）

投獄よりは好待遇に思えて希望を抱きかけた翠だったが、

「お待ちください、主上。この娘、妙な力も使うようですし、さすがに内廷に入れるのは危険では……」

右獄司が引き留めた。これに左獄司ものって、

「たしかに事が起きてからでは困りますな。ただでさえ本日、獄賊に侵入されて閻魔庁の警備の甘さが露呈《ろてい》したところです。明朝のかわら版にでかでかと嫌みたらしく書きたてられるのが見えておりますぞ」

ほかの補佐官たちも、閻魔王宮に入れるのには警戒しているようすだ。翠の出自も気に

食わないのだろう。

「心配は無用だ」

天鴦は意に介さず続けた。

「閻魔特製の獄房《ごくぼう》に閉じ込めて、逆らったら私が責任をもって殺すから」

「は？」

翠は耳を疑った。

（殺すって……）

身も蓋《ふた》もない天鴦の発言に、補佐官一同もぴたりと口をつぐんだ。

結局、残虐《ざんぎゃく》なのは天鴦もおなじではないか。

「では、主上の仰せのままに」

司命の青年が告げて、翠の処遇についての談義は終わったのだった。

その夜。

翠は閻魔特製の獄房にいた。

身なりは登庁時とは一変していた。

清らかな白絹の中衣《ちゅうえ》に、薄紗《はくさ》で仕立てられた蘇芳《すおう》と薄紅色の衣《きぬ》を着重ねた天女のごとき装いだ。耳には透かし模様が美しい繊細な銀細工が、帯には小粒の真珠や水晶を連ねたきらきらした飾りものが控えめにあしらってある。

洗いたての髪はもちろん丁寧に梳《くしけず》られ、一部を結いあげて八重《やえ》咲の茉莉花《まつりか》が清楚《せいそ》に飾られている。自分でも触れてみたくなるほどに艶々《つやつや》とした髪が肩に流れ、磨かれてすべらかになった素肌からも花の香りがほのかにたちのぼる。

（なにこの恰好《かっこう》……）

自分が自分でないみたいでまったく落ち着かない。

光明殿を出た翠は、あのあと閻魔王宮の一室に待機させられ、日暮れには食事を与えられた。料理は汁物に焼き肴《ざかな》に白米など、人間が好んで食べる類《たぐい》の軽いものばかりだった。

そして、さきほど「おまえは汚すぎるから、きれいに身支度してから投獄よ」と閻魔王宮の女官たちに湯殿に連れていかれ、無理やり衣を剝《は》がれて髪や体を洗われたのだ。

たしかに髪も体も埃っぽかったし、衣も粗末な着古しだったのでありがたかったが、囚《とら》われの身にしてはあまりにも贅沢《ぜいたく》で違和感のある待遇である。

おまけに、連れてこられた獄房の内装がありえなかった。

冷たい石敷きに鉄格子かと思いきや、吉祥紋《きっしょうもん》をちりばめた絨毯《じゅうたん》の敷かれた広い室内に、螺鈿《らでん》や玉《ぎょく》の石細工がほどこされた値打ちのありそうな調度品が並んでいる。

そして天蓋《てんがい》付きの広い床榻《ベッド》には、天鵞が悠然と横になっていたのだ。

「ここって寝所では……」

獄房ではなく寝所である。紛れもなく。

「そう。でもおまえにとっては獄房だ。一晩中、閻魔王の監視付きのね」

床榻に寝転がったまま、にっこりと笑って皮肉を言われた。

閻魔特製の獄房とはそういう意味だったのか。

「帰りますっ」

身の危険を感じて、彼に背を向けた。

「どこへ？」

村に帰りたいが、まだ瑞月に会えていない。

「さっきまで待機してた部屋へ」

言うべきことは言ったし、少なくとも寝所にいる閻魔王に用はない。

しかし出入り口の戸に手をかけようとした瞬間、バチバチィッと音を立てて弾かれた。

「痛っ」

あわてて手をひっこめた。指先に細かな稲妻《いなづま》が走ったみたいだ。

「残念ながら、ここから出られないよう結界を張ってある。おまえが妙な力を使って抜け出さないよう強力な五枚重ねだ」

多重結界か。結界は異能の一種だから、天人族や鬼族でも張れる者は限られている。

（しかも重ね張りができるなんて……）

地獄の天子というだけあって、やはり並々ならぬ霊力の持ち主のようだ。

行く手を阻まれた翠は、しぶしぶ天鴦に向き直った。

「おいで」

片手枕の天鴦が、くつろいだ表情のまま誘ってきた。白練りの寝衣姿で、裁定の間で会ったときほどの威容はないが、神気をまとっていそうな深紅の双眸にはやはり緊張させられる。

「命令ですか？」

翠は硬い声で問う。男とおなじ床に入ったらおしまいなのだと村の姐さんが言っていた。ツノナシの娘なんてたやすく貞操《ていそう》を奪われ、無残にうち捨てられてしまうだけだからと。

相手が閻魔王でも男には変わりない。

「命令だよ。逆らったらどうなるのかは、昼間告げた通りだ」

のんびりした口調でも、言葉は残酷である。つまり殺されるということだ。

天鴦が、権力にまかせて女をいいように扱う下衆《げす》な男であったとは思わなかった。

「怖くて行けません。用があるなら天鴦様がこちらに来てください」

翠は強気で返し、つんと横を向いた。まさかみずからのこのこと餌食《えじき》になりに行く気はない。

「わかった」

「え？」

素直に頷いて、床榻から降りてすんなりとこちらにやってくるので、やや拍子抜けした。もっと傲慢《ごうまん》に脅しかけて、有無も言わせぬうちに手籠《てご》めにするのかと思いきや。

しかし、

「あっ」

へその真横二カ所を軽く指で押され、なぜか、腰と膝からかくんと力が抜けた。

床に崩れそうになったところを天鵞に支えられた。かと思うと、体がふわりと宙に浮き、荷駄のごとく彼の肩に担《かつ》がれてしまう。

床榻まではあっという間だった。抵抗する隙も見つけられず、気づけば白絹の敷布の上に組み敷かれていた。

「や……」

天鵞の美貌が間近に迫り、一気に心拍があがった。

弟や村の男と取っ組み合いをしたときとはわけが違う。ここは閻魔王宮の寝所で、自分の上に乗りかかっているのはその主。焦りと恐怖と、得体の知れない動揺で頭がいっぱいだ。

顎先をすいと掬《すく》って告げられた。

「湯あみをしただけなのに、ずいぶんきれいになったな、翠《すい》。肌も透けるように白くて、どこの天人族の娘かと見違えた」

声がいつになく甘くてどきりとした。が、

「どいてくださいっ」

二の腕を押さえる天鴦の手をふり払い、顎先に掌底《しょうてい》打ちを仕掛ける。

けれどあっさり見切られ、手首を取られた。

「断る。結界は対象物との距離が近いほうが、消費する力が少なくてすむので俺も助かるんだ。できればこのまま朝まで同衾《どうきん》したい」

「いやですっ」

翠は頭の下から羽根枕を引きずり出して、思い切り天鴦の顔に押しつけた。

「おっと」

のけぞった彼の肩を押しやり、みぞおちに膝蹴りを見舞うつもりができなかった。これもかわされた。

懲りずに抵抗して取っ組み合いがはじまるが、いかんせん天鴦は強い。わずかな仕掛けでも見落とさず、確実に制してくる。

まとわりついてくる裳裾《もすそ》を打ち払って渾身《こんしん》の蹴りを入れようとするも、

「あ……っ」

結局、太腿《ふともも》を割って下肢《かし》を押さえ込まれ、両の襟をとられて身動きがとれなくなった。

「みずから衣《きぬ》を乱すとは行儀が悪いな。俺がうっかり欲情したらどうするつもりだ？」

一歩間違えたら十字絞めをかけられる。それをほのめかしたぎりぎりの状態だ。

「や……」

圧迫と密着に、心の臓がどきどきする。恐怖のせいか、なんなのか、自分でもよくわからない。

「どうしてこんなこと……、わたしを獄賊だと疑ってるんですか？」

「俺は疑ってない。だが知っての通り、冥府の古狸《ふるだぬき》どもは疑り深いのが多い。海のものとも山のものともつかないおまえを野放しにしておくわけにはいかないんだ」

「だからって、なんで寝所なの？」

「俺が眠りたいから。そのために、おまえに捕り縄を仕掛けるところさ」

意味がわからない。とにかく天鶱だって疑っているのだ。

「わたしは賊じゃないっ」

翠は天鶱の肩を力いっぱい押し返した。

（せめて床《とこ》からは抜け出さないと……）

一手でも入れられれば流れは変えられる——そう思って喉《のど》を突こうと試みるが、毎度、なぜか瞬時に見切られてしまう。まるで翠の動きを読んでいるみたいに。

「逃げられるんだったら、下手に攻めないでさっさと逃げたほうがいい。でも、俺からは逃げられないんだけどな？」

余裕の笑みで告げてくるのが憎らしい。

それでもあきらめず、襟をとるためにぐっと首元のあたりまで深く手を差し入れた、そのとき。

「あ」

翠ははたと動きを止めた。

（この感じ……）

強烈な違和感。素肌に触れた部分から、壊れたものから発せられる特有の波長みたいなものを感じる。

目を閉ざすと、脳裏にたちまち奇妙な幻影がひらめいた。廻帰の力を使おうとすると視《み》える、その対象物の状態だ。

虚空の闇《やみ》の中で、規則正しくびっしりと並んだ真珠色の鱗《うろこ》が下のほうからはらはらと音もなく落ちて崩れている。それがくりかえされている。上から下へ流れるように。儚《はかな》い光をきらきらとこぼしながら、絶え間なく崩落が続く。

この破綻《はたん》が半永久的にくりかえされる感じはよく知っている。相手によっては鱗でなく、亀甲《きっこう》繋ぎだったり幾何学模様だったり菱《ひし》模様だったりする。物が壊れゆく状態が形象化されてあらわれているのだ。

心が、壊れている――？

翠ははたと天鴦の目を見た。こんな状態で、本人が気づかないわけがない。精神の破綻《はたん》は肉体にも必ず影響を及ぼすからだ。

「ん？」

こちらの動揺を読んだらしい天鴦が、下肢も、首元を押さえる手も一気に緩めた。はじめから、本気で痛めつける気はないのだろう。だから異常に勘づけばすぐに手加減する。こんなところも鵠《くぐい》によく似ている。

（隙ありっ）

翠は即座に攻勢に転じて天鴦の小脇を押し返した。

「む」

不意打ちに緩んだところで下腹部に向かってもう一撃。

足先で力一杯、蹴りを見舞ってやった。

（あっ）

股間《こかん》に入ったかもしれない。あきらかに天鴦が怯《ひる》んだのがわかった。

すかさず彼の体を押しのけて、するりと床榻から抜け降りた。

（やったわ！）

閻魔の股間を蹴るなんて冥界中探しても翠くらいのものだろう。

でも、女を手籠めにするほうが悪いのだ。と、着崩れた格好のままませいせいしていると、

「ひゃっ」

突如、背後からしゅるしゅると白い布らしきものが伸びて腰や足に巻きついてきた。

「まだ状況をわかってないのか、このはねっかえりめ」

ふり返ると、翠の蹴りなどものともしない涼しい顔で、天鶩が眷属《けんぞく》の掌善童子《しょうぜんどうじ》を操っていた。条帛《じょうはく》を身に着けた半透明の童子が霊力を使ってなにかを仕掛けてきている。

「ええっ？」

なにが起きているのかわからなかった。白い布に足を取られた翠は床に崩れ、やがて顔から下をすべてそれで包み込まれた。さらにその上を黒い紐がするすると蔦《つた》のごとく這《は》いのぼってきて、植物めいた奇妙な模様を描き出している。

紋様はみるみる広がって、その分、身の自由を奪われてゆく。

気づくと、まったく身動きの取れない状態になって床に転がっていた。

「これどういう状況……？」

翠は蓑虫《みのむし》みたいになった自分の体を見下ろした。

「ごらんの通り、衾《ふとん》で簀《す》巻《ま》きだ。脱獄を図らないよう拘束させてもらった」

床榻から降りてきた天鶩が、乱れた自分の衣《きぬ》を整えながらきまじめに答えた。

「なんなんですか、この黒い紐みたいなやつ……」

思わず眉をひそめた。宝相華《ほうそうげ》に似た紋様はきれいだが、真っ黒でどこか薄気味悪い。

「黒縄《こくじよう》地獄で使われている黒縄だよ。獄卒が熱したそれで亡者の体を拘束したり、切断の際の目印をつけるのに使ったりする」

黒縄地獄――殺生と盗みをはたらいた罪人が堕《お》ちる第二層目の獄である。

「我が庁の獄訓は『酷《むご》く、正しく、美しく』。まさに、それにのっとった見事な処遇だと思わないか？」

天鶱は悠然とこちらを眺め下ろしている。圧倒的な力の差を見せつけて。

「思いません。正しくないですから。わたしにはなんの非もありません」

「閻魔の股間を蹴り上げるなんて、外廷でやったら死罪確定だ。それともおまえは王家を断絶させるために送り込まれた刺客なのか？」

「……う、運悪く当たっただけです」

やはりそうだったのかと少々赤くなりつつ顔をそむけると、洗いたての髪がさらりと頬にかかった。

「いい子にしていたら、そのうち外してあげるよ」

屈み込んだ天鶱が、そっとその髪を掬いながら言う。

うっすらと浮かべた優しい笑みが絶妙に意地悪で、翠は眉間《みけん》にしわを寄せた。

「天鶩様。天ヶ瀬で会ったときとは別人のようだわ」

「褒められているのかな、俺は？」

「いいえ、けなして軽蔑《けいべつ》しているのです。あの日はとてもまじめで高潔なお方だと感じたのに」

「ああ、あれは猫を三匹くらい被ったよそ行きの天鶩様だったから」

天鶩はしれっと言った。

「…………」

危うい男である片鱗《へんりん》はたしかに見えた。なるほど優しいのははじめだけである。

「こんな人が冥界の王だなんて、地蔵菩薩《じぞうぼさつ》様もさぞ嘆いていらっしゃるのに違いないわ」

閻魔王の本地仏は地蔵菩薩である。王家の血筋のだれかが、その力を預かることで、代々王座が引き継がれていくのだ。

「つれないな、翠。かわいくしてれば俺とやわらかな衾《ふとん》で一緒に眠れたのに」

翠の嫌みなどどこ吹く風である。

「床で十分です」

「添い寝してほしかったらいつでもねだってくれ、ただしかわいくね」

「けっこうです。床で寝る気なんてないくせに」

横を向いて鼻白んでいると、

「悪いが俺はどこでも寝られるよ。須弥山《しゅみせん》での修行中などは毎晩、嵐が吹き荒れる切り立った岩の上だった」

「どうやってそんなところで寝たんですか？」

十王の座を受け継ぐ者は、本地を預かるのにふさわしい器《うつわ》——すなわち強靭《きょうじん》な肉体と精神力を手に入れるため、幼少期を過ぎたら山籠りして修行する。器に見合った者でなければ継承はできないので、その修行は凄絶《せいぜつ》であることが知られている。

「疲れているから寝てしまうんだよ。懐かしい。もう二度と戻りたくはないけどな」

二度と戻りたくはない——率直な言葉が過酷さを物語っているようで、どれほどにつらい修行だったのかと翠は背筋が寒くなった。

（それにしても容赦《ようしゃ》ないわ……）

自由のきかない体が思いのほか煩《わずら》わしくて身じろぎした。すると髪に飾ってあった茉莉花の花がこぼれて、窮屈な状況にそぐわぬ薫香《くんこう》を漂わせる。

「痛むところはないか？」

天薦が花を拾いながら問う。

「…………」

またこうやって優しい顔を見せる。でももう騙されない。

翠はふいと目をそむけて言った。

「あなたも結局、下層民を差別している人たちとおなじなんだわ。理解者のふりをして心の中で嗤《わら》ってるの。わたしたちをおなじ土俵になんて、永久に立たせようとしない」

ひれ伏させて搾取《さくしゅ》しつづけるのだ。信じて期待してここに来たのに、悔しくて泣きたくなってくる。

するとＸは、花を持ったまま立ち上がった。

「俺は差別をなくそうなどと単純な綺麗《きれい》ごとを言ったつもりはないし、そんなことが不可能だということもわかっている。だが、下層民の中にも優れた者がいるのは事実で、彼らを取り立てて活躍させることで、ひとりでも偏見を持つ者が減ればいいと思っているだけだ」

「…………」

こちらを見下ろして冷静に告げられ、翠は言葉をつまらせた。

たしかに差別の根底にあるのは偏見だ。偏見を持つ者が少なくなれば、そのぶん差別の風潮も薄れてゆくだろう。

やや表情をやわらげて彼が続けた。

「近々、十王各位が会議のために閻魔庁に集まる。饗応《きょうおう》の席におまえも招いてあげるから初江王に思いの丈《たけ》を吐いて、村を救済してもらえるよう口説き落としてごらん」

「わたしが……？」

翠は天鶩を見上げる。

「そう。初江王は新しいもの好きなところがあるからな。今夜のようにきれいにして銀釵《ぎんさい》のひとつでも飾れば、おまえはそのへんの貴族の娘よりずっと美しい。誠意を込めて訴えるなら、初江王もきっと耳を傾けてくれるだろう。——ただし行儀はよく」

つまり、直談判の機会を与えてくれるということだ。

最後、よけいな強調をされたが。ちゃんと天ヶ瀬で話した思いを受け止めてくれているようだ。

「わかりました。ありがとうございます」

ようやく天ヶ瀬で話した天鶩に会えた気がして、ほっと顔をほころばせた。

「さてと、そろそろ寝るか。今日は朝から休みなしで疲れた」

天鶩は簀巻きの翠に背を向けて床榻に戻ると、枕元に茉莉花を置いた。

ふと翠は、さきほど天鶩の中に見た破綻を思い出した。真珠色の鱗がぼろぼろと崩れ落ちていくあのさま。単に体が疲れていて、たまたまそれを幻視してしまっただけなのだろうか。それとも——。

寝床に潜り込んだ天鶩と目が合った。

「おやすみ、翠。たくさん眠っていい夢を見るんだよ」

にっこりと屈託のない笑みを向けてくる。

嫌みなのだろうか？

「この状態でどうやったらいい夢を見られるというの？」

悪夢しか見ないわと毒づきたくなるが、天鶩は自分だけ気持ちよさそうに衾にくるまれて寝返りを打つと、さっさと目を閉ざしてしまった。

仕方ないので、簀巻き状態で床に転がされたまま眠ることにした。身動きが取りづらいだけで、どこかが痛むわけでもないし、これなら貞操の危機もない。

（それにしても天鶩様が閻魔王だったなんて……）

翠は簀巻き状態のまま仰向けになって、はーっと溜息をついた。実感があるようで、いまひとつない。

女冥官たちが騒ぐのも納得だ。下層民が閻魔の花嫁候補になるなんて、現実味がなさすぎて虚言扱いしたくなるし、認めたくもないだろう。

思えば長い一日だった。結局、弟の消息はわからないままだし、閻魔王の本性は難ありで、煩わしい簀巻き状態になどされてしまった。けれど初江王に会う機会は設けてもらえたのだからまたひとつ進歩はしたと言える。

（明日はどうなるんだろう……）

さっぱり想像がつかない。

目を閉じたとたん、どっと眠気が押し寄せて、翠はまたたく間に眠りに落ちたのだった。

5.

翌朝。

目覚めると、なぜか天鴦の床榻《ベッド》で寝ていた。

「わたし、どうして寝床に……？」

昨夜は簀巻きで床に転がされたはずなのに。

体に巻きついていた衾や黒縄は消えていて、ゆうべ彼が拾ってくれた八重咲の茉莉花だけが少し萎《しお》れて残っていた。

寝衣は身に着けたままで大きな乱れはない。天鴦がここに寝かせてくれたのだろうか。

しかし隣に彼はいなかった。

（それにしても気持ちいい……）

翠は肌触りのよい羽根枕に思わず頰ずりしてしまった。寝心地のよいふかふかの寝具に、ほんのり茉莉花が香るすべらかな絹の衾。格子窓から差し込むやわらかな朝陽《ひ》にあやされて、このままずっとまどろんでいたくなる。

下層民の翠たちは埃臭いぺちゃんこの煎餅《せんべい》布団で寝ているのに、閻魔は毎日、こんな贅沢な暮らしをしているのか。

（でも、須弥山での過酷な修行を経ての話なんだ……）

日々、押し寄せる亡者の審判や、獄と冥府の舵取《かじと》りの重責も計り知れない。

だからこそ疲労もはなはだしいのだろう。と、ゆうべ垣間見た鱗の崩落を思い出しながら考えていると、

「おはようございます」

出入り口のほうから若い女の声がした。

見ると、ふわりと波打つ蜂蜜色の髪が目を惹《ひ》く麗しい女冥官が寝所に入ってきた。

昨日、閻魔王宮に案内してくれた司禄の那霧である。

翠はあわてて半身を起こした。

「目が覚めた？　今日は天鴦様より、おまえの今後についての案内を仰せつかったの」

やんわりした話し方と、眦《まなじり》の下がった優しげな顔立ちのせいか、嫌みなところはまったくない。

「あの……天鴦様は？」

気になってたずねた。

「とっくに登庁されたわ。閻魔王は多忙なの。開廷前にも山のように政務があるから」

「そうなんですね」

やはり働きすぎではないか。なんだか心配になってきた。

「うーん、見たところ、お手付きになったようすはないわね」

那霧が首を傾げ、床榻から降りかけた翠をまじまじと眺めて言った。

「あるわけないです。昨夜は、寝るときは簀巻きにされてました。しかも宝相華の模様を描く黒い不気味な縄でぐるぐると……」

窮屈な感覚を思い出して仏頂面《ぶっちょうづら》になっていると、

「まあ、黒縄で？　では、それであなたを守っていたのね。天鶩様もお疲れだから、一晩中、結界を張ってあなたを守るわけにもいかないもの」

驚き半分に告げられ、翠はきょとんとした。

「あの結界や黒縄はわたしを守るため……？」

脱獄阻止ではなく？

「そうよ。きっとあなたがだれかに狙われていると感じたんでしょう。だからご自分が寝ている間だけは簀巻きにして黒縄に守らせたのよ」

にこにこと穏やかな笑みをたたえて告げられ、目から鱗が落ちる思いだった。

「でも、だれがわたしを狙うというの？」

今のところ、心当たりはない。天鶩がそこまでして自分の身を守ってくれる理由もわからない。

「さあ。獄賊の残党かもしれないし、もっと別のだれかかもしれない。本当のことを言わなかったのは、いたずらにおまえを不安にさせないためかしらね。とにかく、考えもなしに相手を簀巻きにして苦しめるような方ではないから安心なさい」

事実、こっちを痛めつけることはなかったし、床榻で寝かせてくれた。

（床にこぼれた花をご丁寧に拾うぐらいだし、やっぱり優しい方なのかな……）

枕元に置かれた茉莉花を眺めながらまじめに考え込んでいると、

「おまえの処遇について伝えるわね。当面は閻魔王の仮の花嫁候補者という名分で閻魔王宮に滞在を許されたの」

「仮の花嫁候補……？」

「そう。花嫁候補になりたい貴族の娘が行儀見習いで閻魔王宮に入ることは多いのよ。まあ、おまえの場合は戸籍もないし、無品の下女という扱いになるけれど」

女官として働いている女たちの多くが貴族出身で、閻魔王の妻の座を狙っているのだという。それも興味深いが、

「わたしはなにをして働けばいいんですか？」

翠は床榻から降りて、素足のまま那霧の前に立った。滞在を許されても遊んで暮らすわけにはいかない。

「台盤所《だいばんどころ》で炊事《すいじ》と給仕をしてもらうわ」

「台盤所……、厨《くりや》のこと？」

「ええ。閻魔王宮にあって、外廷への仕出しなども行っているところよ。おまえはそこで働きながら、暇を見て行方不明の弟とやらを探すの。寝床も食事も台盤所の宿舎内に用意されるわ。この処遇はすべて天鴦様のご配慮よ。感謝なさいね」

那霧はにっこりとほほえんで言った。

ろくに素性もわからない下層民の女の弟探しのために、ここまで面倒見てくれるなんて。待遇がよすぎてかえって不安になってきた。なにか大変な裏があるのではないか。

「……天鴦様がよくわかりません」

昨夜の彼が自分を守っていてくれたのだとしても理由はわからないし、言動も天ヶ瀬での彼とはかけ離れていて、いまいち真の人となりがつかめない。

すると那霧がくすくすと笑った。

「ふふ。わたくしもいまだによくわからないわ。本音で話すふりをして、実はだれにも心を許していないようだし、妙な噂もある方だし……」

「妙な噂？」

「知らないの？　兄殺しのこと」

「兄殺し……？」

思わぬ物騒な言葉に眉をひそめる。

「あの方は閻魔王の血統である瑞領《ずいりょう》家の三男で、須弥山での修行中に閻魔の座が顕現《けんげん》したために跡を継がれたのね」

閻魔王の代替わりがあったのは翠も知っている。

「その際、おなじく修行中だったふたりの兄がお亡くなりになっているので、山中で彼らを殺《あや》めてのし上がった悪逆非道の冥王《めいおう》だと畏怖《いふ》する人も多いのよ」

「悪逆非道の冥王……」

「実際どうだったのかはわたくしたちにもわからないわ。遠い須弥山での出来事など知りようもないもの。でも天鷲様が本地仏を授かる器としてお強いのは確かだし、今のところ他の王たちにも認められている。それにふだんはとてもお優しい方だから、わたくしも司命の榣も、天鷲様のことは主として心から信頼してお仕えしているのよ」

那霧は誇らしげに言いながら、お仕着せを渡してきた。

――血を分けた弟が音信不通となれば気掛かりだろう。会いに行ってやれ。

ふと、天ヶ瀬でそう言った天鷲を思い出す。あの冬の陽だまりのような淡くあたたかな笑み。兄弟を殺めた残酷な人が、あんな表情を見せるだろうか。自身が心から兄たちを想っているからこそこぼれた自然な笑みにしか見えなかった。

それに身近な臣下にここまで言わしめる人物ならば、やはり悪逆非道の王とは考え難い。

噂の真相は気になるものの、

「……勢いでののしったりして悪かったわ」

いろいろ言いすぎた気がしてつぶやいた。

「ののしったの?」

那霧は少し驚いたようだ。

「もしかして怒っているかも……?」

急に不安をおぼえていると、

「大丈夫、天鴦様はそんな狭量なお方ではないから。翠が反省しているならなおさらね。自省は大事よ。いい子ね」

小柄な那霧はそう言って翠の頭に手を伸ばし、にこにことほほえみながら撫でてくる。

翠は母に褒められた子供みたいな面映《おもは》ゆい気持ちになった。


台盤所は閻魔王宮の北西の角地にあった。

翠は那霧から渡されたお仕着せに着替えて、彼女とそこに向かった。

お仕着せはややくすみのある鴇《とき》色の深衣《しんい》だ。上半身と下半身は別仕立てで、動きやすいよう上衣の丈は短めに作られている。緋色の裳袴はさらさらとしてはき心地がいい。

那霧曰《いわ》く、

「地味すぎてごめんね。閻魔庁の規定範囲内なら、小さな装飾品や髪飾りくらいは好きにつけていいから」

とのことだったが、飾りものを買うお金などないし、着古しの襤褸を着ていた翠にとってはよそゆきも同然のいでたちだった。ただ、

（また沓《くつ》か……）

翠は自分の足元を見下ろした。足の形に添って縫われた布製の黒い沓。昨夜も寝所まで無理やり履かされたが、藁草履で育った翠には、足全体を覆《おお》ってしまうこの布製の沓がことのほか窮屈だった。

台盤所は、天ヶ瀬の織物工房の厨など比にならない規模である。

煮炊きのための大釜《がま》が四つほどならび、作業台も広い。壁面の棚には大小色とりどりの、おびただしい数の食器が並び、食物貯蔵庫は翠の家くらいの大きさだった。

「おはようございます、那霧様」

那霧が姿をあらわすと、各所で作業していた女官たちが集まり、ずらりと整列して頭を下げた。みな、翠とおなじお仕着せ姿で、背が高いのから低いのまで、全員もれなく一本もしくは二本の角のある鬼だった。

たしかにみな、少しずつ着飾っている。髪型や髪飾り、それにお仕着せの帯飾りを自前のものにして楽しんでいるふうだ。外廷の女冥官たちもそうだった。

女官にも採用試験はあるので、当然、みな低位ながらも位階を授かっていて、出自もそ

こそこの者たちなのだろう。

「おはよう。この子が新しい見習いよ」

那霧はにこやかに翠を紹介した。

事情が伝わっているようで、だれも驚かなかった。ただ、那霧を見る目が憧憬《どうけい》一色なのに対し、こちらに向けられるのは値踏みか侮蔑《ぶべつ》か好奇のまなざしのどれかだ。

「翠です。よろしくお願いします」

頭を下げると、居並んでいる何人かが隣同士、小声で何ごとかひそひそと話しだす。

(まあ、仕方ないわね)

新顔というだけで注目されるものだし、おまけに花嫁の招待札を受け取った女ともなれば、外廷の女冥官たちのように神経質にならざるをえない。翠が逆の立場でも興味津々だっただろう。

那霧が外廷へ戻ってしまうと、

「いまから青菜を茹《ゆ》でるから、こちらの釜の水を沸かしてくれない?」

台盤所の責任者だという口の大きな派手な顔立ちの女官が命じてきた。

翠は竈《かまど》に火をつけるために、ひと通りマッチを探した。しかしどこにも見当たらないし、竈の中を火かき棒で探ってみても、火の気を含んだ炭がひとつもないので有り処《あか》をたずねた。

すると、

「え？」

その場にいた女官たちが一斉に小首を傾げた。

「火をつけるものが見当たりません。どこにあるの？」

もう一度くりかえすと、

「あら、ごめんなさいね。わたしたちはみんな自分で発火できるもんだから」

ひとりの女官がそそくさと翠の横にやってきて身をかがめた。そして爪の先にぽうっと火を灯《とも》し、ただちに竈の中の枯れ葉や粗朶《そだ》に点火させる。

なるほど、鬼は自然由来の霊力を持つ。火属性の鬼ならたしかに火種など必要ないだろう。

「便利ね……」

ふつうに羨ましかった。ほかに料理に焦げ目をつけたり、少し焙《あぶ》ったりする場合などにも力を発揮するのだという。

「ご入り用のときはいつでも呼んでね」

女官はにっこりと愛想よく言った。しかし違和感をおぼえる。好意的な言葉のわりには目が笑っていない。たしかに自分の作業中にいちいち呼ばれるのは煩わしいだろうけれど、それ以外にもなにかしら含みのある目つきだ。

理由はあとになってわかった。ゴミ捨てを頼まれた翠が、別の女官に捨て場を案内してもらっている最中。

「ん？」

翠は王宮の建物から裏庭へ出たところでふと足を止めた。ゴミ袋の中に、野菜や果物の皮くずにまみれて、マッチの空箱らしきものがいくつか混じっているのを発見したのだ。

「やっぱりあったんだ、これ」

もったいないのでゴミを避けて拾い上げてみると、全部で十三箱もあった。しかも空箱ではなく中身のしっかり詰まった新品である。

そもそも霊力があるといっても、女官の全員が火属性の鬼とは限らない。着火できるものが置いてないはずがないのだ。

（わたしへの嫌がらせか……）

ツノナシの無力さを思い知らせたかったのだろうか。

寒々とした気持ちになったが、こんな細工までして追い詰める小賢《こざか》しいやり方には純粋に感心してしまった。翠がこれまで経験してきたのは、殴るか罵《ののし》るかの、わかりやすい折檻だったからだ。

まあ、どっちも嫌だけど、と小さく溜息をついたところで、

「気にしないで。新人いびりはツノナシじゃなくてもされるから」

それまでだんまりを決め込んでいた連れの女官が、見ていられなくなったのか、淡々と告げてきた。

翠とおなじ年恰好の、まじめで育ちのよさそうな印象の娘だ。過去にいびられた経験でもあったのだろうか。

「あなた、名前は？」

少し好感を抱いて話しかけてみる。

「伊百乃《いほの》というの。わたしもふた月前に台盤所に異動になったばかりよ。よろしくね」

伊百乃はにこりとほほえんだ。ささやかだが、あたたかみのある笑みにつられて翠も顔をほころばせた。

伊百乃は生粋の冥都育ちで、父親は冥官であり、ひとつ年下の弟も二年ほど前から閻魔庁に勤務しているらしい。弟は少々頼りないところもある子だが、幼いころからとても仲が良いのだという。自分と似たような境遇に、ますます親しみを覚えた。

6.

その日、翠は午後の休憩時間に、試しに天鶩の友人のための鷺豆《さぎ》の薬湯《やくとう》を煎じた。

ほかの女官たちはおのおのの場所で自由にくつろいでいて、竈の付近にはだれもいない。

貸し切り状態の竈に鉄瓶《びん》を置いて、沸騰《ふっとう》するのを待ってから、村を出るときに持参した鷺豆をいくつか投入した。

滋養の効果は緩やかで、基本的にはいつだれが飲んでもいいし、冷めても薬効が期待できる。おりを見て天奮に会い、友のために味を見てもらい、そのとき廻帰の力を施してみるつもりだ。

(だってあんなに壊れた状態じゃ、ふつうはまともに暮らせない)

昨夜、彼に直接触れたときに感じた破綻を思い出しながら考える。

満身創痍のずたぼろというのとは違うが、慢性的になにか彼を害するものがあって神経をすり減らしている印象だ。

あるいは状況が状況だったので、翠のほうが感知を誤ったのだろうか。

(その可能性もあるかも……)

まさかあんな密着した至近距離で言葉を交わす羽目になるとは思わなかった。

天奮に組み敷かれたときの感覚を思い出して、なぜか落ち着かない気持ちになっていると、

「よい香りがすると思ったら、おまえなの、翠《すい》」

「そこでなにを煎じてるのよ?」

女官頭《がしら》が連れの狐顔の女官とやってきて、勝手に蓋を外して鉄瓶の中を覗き込んだ。

「ただの豆茶です」

正直に答えた。そろそろ煮出せているころだろう。味見せねばならない。

「どんな味なのか、わたくしたちにも味わわせて？」

湯呑《ゆのみ》を持って立ち上がると、ふたりがご丁寧に自前の湯呑まで用意してせがんでくる。

「いいわよ。疲労回復の効果があるの」

湯呑を受け取り、ふたりの分を順番に注いで手渡した。見たところ、女官頭のほうは血の径《みち》に滞《とどこお》りがあり、お通じも悪そうな顔色だった。

「熱いので気をつけて」

翠が言うと、女官頭たちは神妙に頷いた。

竈の中でぱちんと木が爆《は》ぜた。火加減が気になったので、ふたたび屈んで竈の口を覗いてみた。

狭い竈内では炎がめらめらと燃え盛っている。もう夕餉《ゆうげ》までここは使わないので、火種は小さくしておけばいいだろう。そう思って火かき棒で薪《まき》をよけていると、立ったままお茶を飲んでいたはずの女官が、「きゃあっ」と芝居がかった甲高い声をあげた。

翠の首元に熱湯がかかったのは、ほぼ同時だった。

「やっ」

とっさに火かき棒を投げ出し、弾かれたようにその場からとび退《の》いた。

熱湯は衣を伝ってじわりと鎖骨《さこつ》の下あたりまで広がる。

「熱っ……」

文字通りの焼けるような痛みに、思わず衣を脱ぎたくなった。

「わたしったらごめんなさいっ、あまりの熱さに、うっかり手を滑らせてしまって」

狐顔の女官があわてふためいて詫びてくる。

「翠、大丈夫？」

伊百乃が駆けつけて、手巾をよこしてくれた。

「大丈夫。大したことない……」

とはいうものの、患部を冷やしたくて、手巾を摑《つか》んでただちに竈の横の水甕《がめ》に向かう。

わざとだろうか。狙わなければ、あの立ち位置から翠の首筋にこぼれるなんてありえない。

（わざとひっくり返して火傷《やけど》させたかったのね……）

どうせ薬湯には口もつけていないだろう。もったいないと思いながら、汲《く》みだした甕の水に手巾を浸し、軽く絞ったそれをそっとあてる。

しかし気休め程度にしかならず、熱感は増す一方だ。

こういう嫌がらせになると、殴られるのとおなじだ。痕《あと》も残ってしまうだろう。

「…………」

じわじわと増してくる火傷の痛みに耐えかねて、早々に廻帰の力を使った。戻す原点が近ければ近いほど、消費する力も少なくて済むからだ。ここはどうせ人目にふれにくいところだからいいだろう。

ひりついた火傷は一瞬のうちに失せて、衣《きぬ》に染みたはずの熱湯もきれいに乾いた状態に戻った。手巾を当てて冷やすふりをしたまま、ひとりひそかにほっと息をついた。

そこへ、

「天鶱様……！」

女官たちの甘くさざめく声がして、みなが一斉にぱたぱたと出入り口のほうに集まっていく。

見ると、いつのまにか天鶱が出入り口に立っていた。執務中のはずだが、抜け出してきたようだ。涼やかな美貌が引き立つ判官姿だが、裁定の間でもないので冠はつけておらず、くつろいだ風情だった。

「ご挨拶《あいさつ》よ」と伊百乃が小声で誘うので、翠も乱れぎみだった襟元を正し、ほかの女官たちに倣《なら》って並んで礼をとった。

わりと緊張していた。昨夜のこともあるし、天鶱がこの仰々しい判官の姿だと、やはり尊い身分の人なのだと思い知らされ、隔たりを感じてしまう。

女官頭が「いかがされましたか？」と愛想の良い顔で問うと、

「翠に話がある、中庭に出てくれ」

天鶩がこちらを見て命じてきた。

名指しをされて、びくりとした。

「わたしですか？」

「そうだ」

ちょうどよかった。

「そのまえに一杯、お茶を飲んでください。例の鷺豆を煎じました。ご友人に飲んでいただく前に、天鶩様も一度味わってもらいたいのです」

破綻の度合いからすると、一刻も早く治したほうがいい。

すると何人かの女官が柳眉《りゅうび》を逆立てた。

「おまえ、下女の分際でなにを言い出すの。天鶩様に毒見をさせるなんて真似をして、なにかあったらどうするつもり？」

「そうよ、そんな怪しげなお茶、まずはおまえが飲みなさい、翠っ」

「問題ない。俺が彼女に煎じるよう頼んだんだ」

天鶩が諫《いさ》めた。正式に頼まれた覚えはないから、こちらを庇《かば》っての発言だろうか。

「でも毒が入っているかもしれません。この者の噂は聞いています。獄賊と関わりのある人物かもしれないと」

「毒なんて入ってません。毒見ではなく味見よ」

きっぱりと断言すると、女官頭が声高に言った。

「いいえ、怪しいわ。わたくし実家が薬種問屋なので薬にはわりと詳しいけれど、あんな妙な豆は見かけたことがありません。危険です」

「わたしも同感です。鉄瓶の中を見たら、毒物としか思えない色の豆が入っていました。天鵞様はお召し上がりになるべきではありません。ましてご友人にまで差し上げるなんて」

連れの狐顔の女官も険しい顔で非難してくる。翠を貶《おとし》めるというよりは、天鵞の身を心から案じているふうではある。が、

「毒も薬も元は似たようなものだ」

天鵞はそう言って翠に薬湯を支度させた。

「…………」

薬湯を飲んでいるあいだ、天鵞の視線はまっすぐ翠に注がれていた。

疑っているのだろうか。なぜこれを飲ませるのか、この行為に何の意味があるのかと腹を探られている心地になる。本音は読めないが、隙のなさそうなまなざしで見つめられると妙にどきどきして落ちつかない。

天鵞は湯呑をあおって、すべて飲み干した。

「大丈夫なのですか、天鵞様?」

女官たちが不安げに顔を覗き込む。

「香ばしくていい味だった。苦みはあるが許容範囲だな」

天鶩は率直に述べると、空の湯呑を翠にさし戻してきた。

今だ。

両手で丁寧に湯呑を受け取るふりをして、軽く彼の手ごと包み込んだ。

――原点廻帰。

ほんのひととき、心で念じる。

効果はすぐにあらわれる。痛みや苦しみなどがあれば、一時的によくなるはずだ。

「…………」

翠は、天鶩がわずかに目をみひらいたのを見逃さなかった。

単に、互いの手が触れあったせいか。あるいは、なにかしらの変調があったからか。

気取られないよう、数拍のうちに手をはなした。

もっとゆっくり念じてあの深層部を幻視してみたかったけれど、こんな状況では無理だ。

ひとまず忘れることにした。

「友の分は、次回、会いに行くときに煎じてもらうとしよう」

天鶩が言うので、

「では、今日の残りはみんなに振る舞うことにします」

これからしばらく世話になるから、挨拶がわりに飲んでもらおうと思う。

「それがいい。毒など入っていないから、おまえたちも味わってみろ」

天鶩に勧められると、女官頭たちは、ばつが悪そうに口をつぐんだ。


翠は天鶩の話を聞くために中庭に出た。

すみずみまで手入れの行き届いた庭には、芍薬《しゃくやく》や菖蒲《しょうぶ》、金蓮花《きんれんか》など、色とりどりの花が咲き乱れていた。ゆるい風にのって芍薬のほの甘い香りが漂ってくる。

龍の子が水浴びに訪れるという広大な池には、人食い魚の稚魚《ちぎょ》が優雅に泳いでいる。

ふたりきりになると、畏《おそ》れ多いばかりだった天鶩が少し身近に感じられた。

「ゆうべはよく眠れたか？」

池の縁で水面を眺めながら天鶩が問う。

「……はい」

そういえば天鶩はどこで寝たのだろう。まさか隣にいたのだろうか。寝床で一夜を共にしたのだと思うと、妙な心地になってくる。

守ってくれていたのが事実だとしたら礼を言わねばならないが、同衾の真相に触れるのも怖いので黙っていた。

するとと彼がこちらに視線を移して切り出した。

「今朝、吏部の官吏から報告があって、合格者名簿の中にやはり『漆瑞月』という名前はなかったそうだ」

「…………」

冷静な表情だったから、あまりいい話でない気はしていた。

「では、合格証も偽物だったということでしょうか？」

硬い声で問い返す。

「ああ。さらに、登用試験さえも受けていないことが判明した」

翠は耳を疑った。

「受けてないとはどういうことですか？」

「受験は欠席扱いになっていた」

頭の中が真っ白になって、一瞬なにも考えられなくなった。

「うそ……、欠席だなんて、そんなはずありません、試験日に間に合うよう、ちゃんと前日に州都に向かって……、よくできたって笑って帰ってきたのよ」

欠席なんてありえない。

「だが、記録上はそうなっている」

「そんな……」

合格証は偽造。受験さえもしていないと？

「ありえない。……瑞月、どうしてなの？　あんなに一生懸命勉強したのに欠席だなんて。体調だって万全に整っていたのに……」

受験票を忘れでもした？　それとも現地で当日になにかが起きたのか。

「でも、初登庁の案内や官吏のお仕着せだって受け取って、全部準備して出て行ったわ。便りも冥都から届いていた……」

なのに本人はいないだなんて、どう考えても辻褄《つじつま》が合わないではないか。

「受験も合格もしていないのだから、すべては本人の芝居だったということになる。おまえは弟が試験を受ける姿を見届けたか？」

天藿が慎重に訊いてくる。

「いいえ……」

断言はできず、弱々しくかぶりをふる。たしかに見届けてなどいない。糸績みの仕事があったから、前日に州都に向かう瑞月を村のみんなと一緒に送り出しただけだ。

「どうして……？」

疑問符ばかりが浮かぶ。冥官でないなら、試験さえも受けていないというのなら、瑞月は今、いったいどこにいて、なにをしているというのだ。

（なんで……？）

嘘や隠し事なんてしない子だったから、勝手に試験を欠席したり、まわりを欺《あざむ》いて村を出たなんて信じられない。なにか理由があるにしても、見当がつかない。

天奮は、翠が落ち着くのを無言のまま見守ってから告げた。

「弟については、もうしばらくここに逗留《とうりゅう》して探してみるといい。おまえのもとに冥都からの手紙が来ていたなら、半年前まではたしかにここにいたんだ。市中で聞き込みでもすればなにか手がかりが得られるかもしれない」

「……はい」

翠は天奮の厚意への感謝も忘れ、なかば放心した状態で頷く。

この広い冥途十州で、何の手掛かりもないまま瑞月を探し出すなんて、雲を摑むような話だ。考えたくはないけれど、もしかしたら事件に巻き込まれたか、あるいは体を壊して死んでいる可能性だってある。

それでもたったひとりの肉親なのだから、探さずになんていられないのだけど――。

「天奮様、わたし、手紙を書きたいです」

翠は、今朝考えていたことを思い出した。

「だれに？」

「天ヶ瀬の姐さんに。月末には帰ると約束したから」

「それなら早めに知らせるといい」

「ついでに下天ヶ瀬にツノナシ粛清を計画している人物がいるかどうかを調べてもらおうと思います」

「閻魔庁からも人をやって調べさせているが、今のところ報告はない」

「冥府の役人の目が届かないところに情報があるかもしれないわ」

集落には下天ヶ瀬の住人と通じている者も何人かいるのだ。

「熱心だな。初江王を口説くためか?」

天鶩が興味深げに見てくる。

「そうです。わたしひとりの感情だけで初江王が動いてくれるとは思ってません」

ツノナシの娘の発言など、適当に聞き流すか、はなから耳を貸さないかのどちらかだろう。なにか説得する材料を揃えないと。

ほかに、瑞月についても正直に書いて詫びなければならない。試験を放棄し、官吏になっていなかったこと。行方が知れないままで、見つかるまでしばらく閻魔王宮に逗留させてもらえるようになったこと——。

やや消極的な気持ちになって考えていると、

「それはそうと、さっきは大丈夫だったか?」

ふと、天鶩の視線が翠の襟元におりた。

「なんのこと?」

はたと我に返った。

「鬼族の女は気性の荒いのが多い。ここの連中はまだましなほうだと思うが」

「…………」

女官とのやり取りを見られていたらしい。となると、火傷を治したのも見られたか。

「大丈夫です」

硬い声で返す。女官のいじわるなんて、織物工房での折檻に比べればどうということはない。

「時がたてば互いに馴染《なじ》むとは思うが、度が過ぎるようなら那霧に伝えるように」

「わかりました」

こんな一介の下女の身辺までわざわざ気にかけるなんて。

天鶩の細やかさに感心しながら頷くと、ふいに彼の手が翠の腰帯に伸びてきた。

「え？」

完全に不意打ちだった。するりと帯が解かれ、胴部の締めつけがなくなった。交領《こうりょう》の襟元も一気に緩んだ。

そこへ、すかさず彼が手を滑り込ませ、大胆《だいたん》にも襟元をはだけさせたのだ。

「なにするんですか……っ」

鎖骨のあたりはもちろん、心衣《しんい》に覆われた胸のふくらみまでが露《あらわ》になってしまった。翠は真っ赤になりながら、あわてて襟をかきあわせた。

「火傷の痕が気になるんだ。見せてみろ」

素肌はともかく、そこに火傷の痕がないのが問題だ。案の定、

「痕がまったくないな。まだどれほどもたってないのに……」

天鴦はいぶかしげにつぶやく。

「い、田舎育ちで肌が丈夫なので」

衣《きぬ》の乱れを正そうとするのに、焦りと恥ずかしさと重ね着に慣れていないせいで、さっぱりうまくいかない。

「田舎だから丈夫になるとは聞いたことがないけどな？」

「わ、わたしには鬼の血も少し入ってるから、ふつうのツノナシより治りが早いんだと思う」

「ふうん。それも初耳だ。混血なら秒速で治ると？」

「知りませんっ」

せめて帯だけでも結び直そうと手元をもたつかせていると、すいと顎先を掬われた。

「詮議《せんぎ》の最中、嘘や隠し事が苦手な亡者の多くが俺と目を合わせようとしない」

「…………」

つまり、おまえは嘘をついていると言いたいのだろう。

「わたしは亡者じゃないっ」

天鴦の手をうち払って反駁《はんばく》したところへ、衣の乱れに気づいた女官たちがわらわらと寄ってきて騒ぎだした。

「まあっ、なにをしてるのおまえは！　みずから脱いで天鴦様を誘惑しようというの？」

「なんてはしたない。さっさとその貧相な胸をしまいなさいっ」

「貧乏暮らしのわりによく育ってたぞ？」

「見たんですかっ？」

頰がますますかーっと赤くなった。

「みずから見せて誘惑したんでしょう。品性のかけらもない女ね」

「白昼堂々と色仕掛けに走るなんて異常です。このツノナシは痴女《ちじょ》に違いないわ」

ぎゃあぎゃあ言う女官の横で、遅れてやってきた伊百乃が無言で翠の襟をきれいに揃え、帯も結び直してくれる。それを見た女官頭がさらに鼻息荒く天鴦に訴えた。

「脱ぐだけ脱いで、まともに着ることもできないなんて……、こんな破廉恥《はれんち》の恥知らずは衆合《しゅごう》地獄に送ってください、天鴦様」

衆合地獄は邪淫を犯した亡者が堕ちる地獄である。

女官たちの訴えをどうでもよさそうに聞き流していた天鴦は、

「騒ぐな。俺が脱がせたんだよ」

かすかに笑いながら、身をひるがえしてさっさと中庭を出て行ってしまった。

女官たちがいっそう口惜しげに非難の声をあげたのは言うまでもない。

7.

司命の榣は、天鴦を探していた。

昼一番の会合をすませて席を外したきり戻らない。内廷に足を運んで、例のツノナシの娘の仕事ぶりでも見ているのだろうか。

このあと獄司らと二件目の会合を控えており、伝えねばならないことがあるのだが。人を使って探すかと思いかけたところ、外廷の庁舎の二階の廊下でおりよく天鴦の姿を見つけた。

「天鴦様、さきほど連絡があって、左獄司が所用により半刻ほど遅れるそうです」

榣は一礼してから事務的に告げた。

天鴦は短気ではないものの、いかんせん多忙で、予定を調整しなおすのに手間がかかるので遅刻には基本的に厳しい。が、

「ちょうどよかった。この足で戸部《こぶ》の書庫に行ってくる」

言いながら、書庫に繋がる渡り廊下のほうに向かいだす。

午前の審判の疲れはまったく見られず、表情はいつになく晴れやかだった。

「人選の検討ですか？　まだ少し早いような」

榣は天鴦に同行しながら問う。

戸部の書庫には、冥界人の戸籍や、過去に冥府で起きた事件およびそれにかかわった人物の経歴などを記した膨大な書物が保管されている。毎年一度、春に行われる人事異動に向けて、各部の長官らとそこに籠ることはあるが。

「例のツノナシの娘に関して、調べたいことがあるんだ」

「ああ……」

貴族の娘や閻魔庁勤務の女冥官には見向きもしない天鴦が、身元も不確かな下層民の娘を閻魔王宮に囲うなど異例のことだった。

「彼女のこと、えらく気にかけていらっしゃいますね。花嫁の招待札を渡すほどなので、なにかあると踏んでましたが、やはりいわくつきの娘でしたか」

「札を渡したのはたまたまだよ。弟を探していると聞いて興味が湧いたんだ。友のために鼻血を出す姿も美しかったしな」

一応、気に入って渡したようだ。しかし、榣は少々面食らった。

「……鼻血ですか？　義侠心《ぎきょうしん》に富んだ方ですね」

「埃や血にまみれても、健《すこ》やかな美しさがあった。緑の野を駆る牝鹿《めじか》のような」

「ああ、自分も脚のきれいな女だと思いました」

「ゆうべはあの足で股間を蹴られたけどな」

「蹴られたんですか？」

榴はぎょっとした。昨夜、見張りを兼ねて寝所を共にしたところまでは聞いているが。

「一手くらい決めさせてやろうと手加減したのが間違いだった」

「とんだじゃじゃ馬ですね」

「馬ではなく牝鹿だよ」

天鶩は笑って流すが、男の急所を狙うとは豪胆《ごうたん》な女だと別の意味で警戒を深めた。世継ぎができなくなっては困る。

書庫の鍵はすでに天鶩が持っていた。娘のなにかをよほど調べたいらしい。

書庫内はきちんと管理されているが、人の出入りが滅多にないので空気は少し淀んでいた。

「結家という氏を聞いたことはないか？」

書架に整然と積まれた書物を順に眺めながら天鶩が問う。

「結……？　さあ。記憶にはないですね。一文字の氏は多いですし」

「子供のころ、母上から聞いたことがあるんだ。御伽《おとぎ》話のごとく不思議な霊力を持つ一族がいると」

「どんな力です？」

「うろ覚えなんだが、壊れたものを元の状態に戻す能力だ。割れた器をもとに戻したり、古く錆《さび》ついてしまった開かずの金庫の錠《じょう》を外したり、崩壊した殿閣を一夜にして元通りに築きなおす者もいたとか」

　めずらしい異能である。

「その一族が、なにか彼女と関係があるんですか？」

「翠の持つ力が結家の力と似ている気がする」

「……そもそも、彼女の力とはなんです？　本当に異能持ちなんでしょうか」

　獄吏を洗脳したという話だったが、事実はあいまいなままだ。

「天ヶ瀬で会ったとき、打擲で弱ったはずの彼女の体があっという間に治っていたんだ。さっきもそうだ。火傷を負ったのに痕がまったくなかった。当初は気のせいだと思ってたんだが――」

「特別に治りが早い体質なのでは。ツノナシは本来、治癒能力が低い種族ではありますけど……」

「いくらなんでも早すぎる。それに看守の壊れた首飾りも元に戻したそうなんだ」

「首飾りを？」

「聞いた話では、職人の手を借りないと復元できないような繊細な銀細工だったが、ものの見事に元に戻してみせたらしい。実物を見たが、たしかに新品同様に輝いていた。つまり己の傷病《しょうびょう》以外にも力を及ぼせるということさ」

「……それで看守もほだされてしまったわけですか」

傷病も、治すというより元に戻すのだと考えれば、結家とやらの力とおなじだ。

「しかし、左獄司も仰《おっしゃ》ってたとおり、ツノナシに異能持ちなどいるはずがありません」

天駑も同意して受け止めつつ、

「そうなんだ。だからこそ気になるだろう？　本人もさっき、先祖に鬼の血が混じっているとうっかり漏《も》らしていたしな」

「鬼の？　異能を持った鬼が先祖にいたと？」

「おそらくは」

「………………」

彼女が結家とやらの血を引いていると言いたいのだろうか。

もしそうなら、利用価値がありそうだ。なるほど昨夜、王宮に彼女の身柄を確保した理由がわかった。第三者に手懐けられるのを未然に防ぐためだったのだ。

（さすが早いな……）

判官たちの中に、すでに目をつけている者がいると踏んだのだろう。始末しようとする者たちの中に、下心があるとまでは見抜けなかった。

「まずは結家が実在したかどうかを知りたい。現在だけでなく、過去に存在していた氏もすべて調べてみる」

天鴦は本気だ。結家の存在が閻魔王に利をもたらすかどうかはわかりかねるが、天鴦が動くなら己も従うのみである。

「自分も手伝います」

榣は彼の後を追って、古い戸籍の記された書物が保管されている階に向かった。

第三章
亡者の脱獄

1.

翠《すい》が閻魔庁《えんまちょう》に来て三日が過ぎた。

天ヶ瀬《あまがせ》の姐《ねえ》さんに手紙を書き終えると、昼下がりの休憩時間に閻魔庁内の郵便受けに持ち込みに行った。ひとりだと所在もわからず迷ってしまうが、伊百乃《いほの》が案内してくれた。手続きは滞《とどこお》りなく済んで、内廷に戻りかけたとき。

「あ……」

ふと、足を止めてふり返った。中庭を隔てたはるか向こうの渡り廊下に、瑞月《みづき》に似た冥《みょう》官《かん》がいたような気がしたのだ。すれ違ってからぴんときた。

しかし、ふり返ったときはもう、角を曲がってしまって後ろ姿しか見えなかった。

立ち止まって目を凝《こ》らすものの、背格好が似ているくらいしかわからない。

追うには中庭が邪魔だし、声をかけるにしても距離がありすぎた。それになんと声をかければいいかわからない。

そうこうしているうちに、冥官は殿閣《でんかく》の中へ入っていってしまった。

「どうしたの、翠？」

伊百乃もけげんそうに立ち止まる。

「いまの人、弟かと思った……」

「探している弟さん？　違ったの？」

伊百乃には、閻魔庁に勤務するはずだった弟のことを軽く話してある。

「……うん。はっきり見てないけど、他人の空似だと思う」

受験もしていない弟が、ここにいるはずがない。

「うちの弟もおなじくらいの年だけど、みんな背格好が似たり寄ったりでよく見間違えるわ」

伊百乃は少し肩をすくめて笑った。

「伊百乃の弟さん、どんな子なの？」

「うちはね、朝もろくに自分で起きれないような甘えん坊のぼんくらよ。登用試験もぎりぎりの補欠合格で、運よく欠員が出たから入庁できただけ。入ってからものんびりで。このままじゃ出世も望めなさそうだから父は歯痒《はがゆ》いみたい。優しい子なんだけどね」

「競争が向いてない性格なのかも」

瑞月もどちらかというと甘えん坊で、決してがつがつした子ではなかった。

「まさしくそれね。でも我が家のために弟には出世してもらいたいから、わたしも女官になって近くで応援してるのよ」

伊百乃はふふと笑って言った。

近くで見守りたい気持ちはわからないでもない。弟思いなのだろう。

「そうだ、弟に聞き込み調査を頼んであげる。ほら、男が出入りする酒場なんかだと、なにか有力な手がかりが得られるかもしれないじゃない？」

「いいの？」

街に出て瑞月を探したいと思っているものの、厨《くりや》の仕事が忙しくて意外と時間がとれていない。

「いいわよ。名前、なんて言うの？」

「瑞月」

「瑞月君ね。双子なら、顔はあなたに似てるのかしら？」

「どうかな。小さいころは似てたけど、今はもう、瑞月のほうが背が高くなっちゃって逞《たくま》しいから……」

幼少期は華奢《きゃしゃ》で小柄だった瑞月は、声変わりするころから急に背が伸び出して、みるみる翠を追い越していった。身体能力も廻帰《かいき》の力も、今は翠よりもはるかに強い。

ずっと姉の後ろをついて歩いているような子だったから、自分から冥官になりたいと言い出したときには驚いたものだ。村のみんなが一生懸命に書いた嘆願書を、目ざとく見つけた工房主に目の前で破り捨てられたのがきっかけだったが、本人の中で気持ちがどう変化したのか、今となってはよくわからない。

「会いたいな、瑞月……。今、どこにいるんだろ……」

そう思う一方で、瑞月がとった不可解な行動を考えるとどうすべきかわからなくなって、胸が軋《きし》むような感覚に苛《さいな》まれる。受験もしないまま冥都《めいと》に行って、一体、なにをしているのだろう。

（このまま見つからなかったら、村の人たちに協力してもらったお金は返さないとな……）

翠は漠然とそんなことを考える。


伊百乃と閻魔王宮の本殿に戻った翠は、厨で夕餉《ゆうげ》の支度をはじめた。

すでに何人かの女官たちが作業にとりかかっていた。厨の天井には湯気がもうもうとたちこめて、出汁《だし》のよい香りが漂っている。

厨では夜も、王族、王室関係者のほか、謁見客《えっけん》への食事を担当している。毎日、なんだかんだと饗応《きょうおう》の席が設けられているため、けっこうな量の調理をせねばならない。

翠が包丁を手にし、野菜を切り刻みはじめると、厨の隣に面した食物貯蔵庫から物音が聞こえた。金属の盥《たらい》が落ちたような音だった。

（ん……？）

ふと手を止めた。

厨で宮廷料理人の助手として働く女官は翠も含めて総勢十二人。今は食材も出揃《そろ》った状態で、全員がおのおのの持ち場で作業をしている。

ほかの部署のだれかが貯蔵庫に入っているのだろうか。

そばで点心《てんしん》の餡《あん》を包む作業をしていた女官頭《がしら》も気づいたらしく、顔を上げた。

「何の音?」

食材や食器類はきちんと数を数えて管理されていて、異状があれば翠たちが責任を問われてしまう。

「ちょっと確かめてきましょう。あんたも来なさい、翠」

女官頭に言われ、翠も一緒に確かめに行くことになった。

貯蔵庫の戸を開けてみると、床に唐辛子《とうがらし》が散らばっていた。

棚に適当に置かれたものが、重みなどで自然に地面に落下することはありえるが、

「唐辛子ごときで落ちる……?」

と女官頭。

「さあ」

いぶかしみながら、そろそろとふたりが足を踏み入れる。

そのとき、食材の並ぶ棚と棚のあいだで人影が動いた。

翠がはっと気づいたのと、その人物が飛び出してきたのは同時だった。

薄汚れてくたびれた白装束の少年だ。

矢のごとき速さで翠と女官頭の脇をすり抜け、貯蔵庫から出ていこうとする。

「待ちなさいっ」

翠がとっさに襟首《えりくび》の部分を引き摑《つか》んだ。

そのまま力いっぱい引っ張ると、

「うわっ」

少年が声をあげて後方にのけぞった。

それから翠をふりかえった。自分を捕まえた相手を確かめようと。

「えっ」

顔を見た翠は瞠目《どうもく》した。

切羽詰まって青ざめ、今にも泣きだしそうな顔——そして少年の瞳の虹彩《こうさい》には×が浮かんでいた。見ると首枷《かせ》もしている。

「亡者……?」

青ざめて見えるのはそのせいか。

「なんで亡者が……」

女官頭も亡者を見て固まっている。

生身の人間と亡者では、見た目があきらかに異なる。まず亡者は全員が白装束で、首枷をつけられている。そして奪魂鬼《だつこんき》によって魂魄《こんぱく》を抜かれているから、常に瞳孔《どうこう》がひらいて虹彩に×印が浮いて見える。ゆえに覇気《はき》もなく、一目で区別がつく。鼻が利く者であれば匂いでも見分けがつくという。

そもそも、沙汰《さた》待ちで各王庁を決まった道順で辿《たど》っているだけの彼らが、冥途《めいど》十州内を自由に歩き回ることは基本的にはない。おまけにここは閻魔庁の内廷だ。亡者がいるなんてありえない。

「おまえ、どっから来たの？　亡者なんでしょ？」

女官頭が驚きも露《あらわ》に問う。

すると少年が頭を抱え、

「あー……、たしか等活地獄《とうかつじごく》ってとこ」

唸《うな》ってから答えを絞り出す。声変わりもまだの女の子みたいな声だ。背丈も翠よりずっと低いが、耳には蛍石《ほたるいし》の耳飾りをつけていた。

「等活地獄？　堕地獄《だじごく》した亡者がどうやってここに？」

等活地獄は八大地獄の最上部にある獄で、殺生《せっしょう》の罪を犯した者が堕《お》とされる。

「知らねえよ」

少年が困惑したようすでぶっきらぼうに答える。

「知らねえって……、覚えていないの？」と女官頭。

「まったく覚えてない」

自身も不思議そうに、亡者の影が浮かんだ大きな目をぱちくりとさせて答えた。

「どうやって閻魔庁になんか入れたの？」

翠も問う。札を持っていた自分でさえ苦労したのに。

「だから覚えてねえって。気づいたらあの庭にいたんだ」

少年は裏庭を指さした。

「知らないうちに迷い込んだと言いたいの？　そんなのあるわけないでしょうが。ここは閻魔王宮よ？　おまえが立ち入れるのはせいぜい外廷の光明殿《こうみょうでん》までよ？」

女官頭が小ばかにしたところで、何人かの獄卒《ごくそつ》があたりを見回しながら裏庭にやってきた。身なりからして王宮内の警護を任されている獄卒だ。

気づいた少年は、

「助けて……！」

翠を盾《たて》に隠れようとする。どうやら獄卒から逃げていたようだ。

獄卒のひとりが貯蔵庫の中にいる翠たちを見つけた。

「おっ、発見したぞ。あそこだ」

指をさされ、少年が息を呑《の》んだ。

「おい、また見つかっちまったじゃねえか……」

あわあわとうろたえて震えだす。

「そのまま捕獲しろ！」

獄卒が叫んで一斉に駆けつけてきた。

「助けてくれよっ、鬼に殺されちまうよう」

少年はせっぱつまったようすで翠にすがってくる。記憶がないくせに、なにが彼をそうさせているのだろう。気の毒ではあるが、亡者なのだから閻魔庁に引き渡すしかない。

「ごめんっ、脱獄《だつごく》は見逃せない」

翠は仕方なく少年の腰帯をとらえた。

「なんでだよ、鬼にやられて死んじまうよっ」

少年は今にも泣きだしそうな、くしゃくしゃの顔になった。

「どうせあんたはもう死んでるでしょうが」

横から女官頭が突っ込むと、

「うるせえ、ブスっ」

威勢よく言い返してくる。たしかに少年の顔は愛らしく整っているが。

「んまあ、なんて口が悪いの？　お黙りなさい、亡者の分際でっ」

女官頭が真に受けて憤慨《ふんがい》する。

そうこうしているうちに出入り口を獄卒に取り囲まれた。これで、もはやお縄になるしかないだろう。

「貴様、首枷を見せてみろ」

貯蔵庫に入ってきた獄卒のひとりが、屈んで亡者の首元に注目した。

亡者の首枷にはひとつひとつ亡号《もうごう》と呼ばれる個体識別番号が刻み込まれている。これが罪状を記した閻魔帳《えんまちょう》の番号と一致しており、刑期を終えて輪廻転生《りんねてんしょう》するときまで変わることはない。

翠も少年の首元を覗《のぞ》いてみた。ところが、しかるべきところに数字がなかった。肝心《かんじん》の部分だけ削られてしまっているのだ。

「亡号が見えないですね」

わずかに数字の一部が残っているだけなので、翠は眉をひそめる。

「なんてこったい、個体の確認がとれないではないか」

獄卒たちも困惑していたが、ひとまず亡者の少年の身柄を黒縄で括《くく》りだした。

亡号が不明瞭なのは異例だから、天鷹《てんよう》の指示を仰ぐことになるという。

2.

「名を名乗れ。己の名を言えるか？」

「桃《もも》っ」

亡者の少年は、檀上の閻魔王《えんまおう》の問いに元気よく答えた。

亡者が名乗れるのは名前の中の一文字のみである。

ここは裁定の間だ。捕獲時の状況把握《はあく》のため、翠も参考人として呼ばれた。

亡者の脱獄というだけでも事件だ。しかも閻魔王宮にまで侵入という、あってはならない事態に、閻魔庁は一時、騒然となった。

通常、脱獄した亡者は一層下の獄に再投獄されるが、今回は亡号がわからず、亡者自身にもまともな記憶がないので特別に裁定の間で詮議《せんぎ》するという。あのあと、知らせを受けた天鶩が獄司《ごくし》らと話し合った末に決まったことだった。

「等活地獄から脱走したのは事実か?」

横から左獄司《さごくし》が訊《き》いた。

「事実だ。オレは等活地獄でぶさいくな獄卒に命じられて朝から晩まで……ちがう、夜中も延々と鉱山を掘らされてた。毎日毎日おなじことのくりかえしでうんざりだったぞ。でも作業中にいつのまにか気を失って、気づいたらここにいた」

「堕地獄より以前の記憶はないのか?」

天鶩が問う。

「ない。なんも覚えてねえ」

「忘魂湯《ぼうこんとう》でも先に飲まされたのかしら？」

那霧《なきり》が首をひねった。忘魂湯とは、亡者が前世の記憶を忘れるために飲むお茶のことだ。来世に繋《つな》がる鳥居をくぐるとき、すべての亡者にふるまわれる。

「浄玻璃《じょうはり》の鏡で見てみてはいかがです？　業《ごう》の深そうな亡者には見えませんが、等活地獄にいたのなら、殺生の罪は犯しているでしょうから。見れば本人もなにか思い出すやもしれません」

右獄司《うごくし》の提案に、「そうだな」と天鴦が同意した。

ところが、異例の事態に陥《おちい》った。

「む」

本地《ほんじ》の力を以《もっ》て過去の罪業《ざいごう》を見せようとした天鴦は目を眇《すが》めた。凪《な》いだ湖のような浄玻璃の鏡にはなにひとつ映らなかったからだ。

「なんも映らねえぞ。拭き掃除サボってんじゃねえの」

鏡の前に立った桃も、高座の閻魔王を見上げて言う。

「まったく、身の程知らずも極まれりのあっぱれなガキであるな」と左獄司。

「口の悪さが桁《けた》外れですね。五官王《ごかんおう》のもとで詮議してもらったほうがよいのでは？」

右獄司も天鴦に問う。補佐官一同は、亡者のゆきすぎた態度に呆《あき》れている。

「いや、ここで結構。彼も多忙だろう」

「五官王ならば問答無用で獄に堕とすであろうて」

左獄司が小声で独りごちる。

五官王が取り扱うのは五官（目・耳・鼻・舌・身）による罪業で、翠の記憶では人でいうと弱冠十歳で座を引き継いだ幼き判官である。

「それにしても、浄玻璃の鏡になにも映らないとは……」

樒《しきみ》は、天奮に不調があって映し出されないのかとやや不安げに檀上を仰ぐ。

「俺は至って正常だが――」

桃に視線を戻し、天奮が慎重に続ける。

「この亡者になにか術がかけられているか、そもそも亡者ではないのかもしれない」

「亡者ではないと……？」

だとしたらなんなのだ――と、翠も含め、一同が疑惑の目で桃を見下ろす。

「一度、殺してみてはいかがか？」

左獄司が提言した。

（殺す？）

耳を疑っていると、

「たしかに、それがよいでしょう。亡者であれば獄卒の呪文で復活するはずです」

右獄司もすぐに賛同した。ほかの補佐官たちも、大して迷う気配もなく同意しているふうだ。

（そんな……）

たしかに心の臓が潰れようが、手足がもがれて致死量の出血があろうが、獄卒が「活活」と唱えれば肉体と五感は無残にも元通りに蘇《よみがえ》る。

「出番であるか？」

亡者を脅迫するためにいる獄卒が出てきて、嬉々《きき》として背中の大鉈《なた》に手をかける。

「や、やめろよ……」

幅広の刃がすらりと鞘《さや》から抜かれた。青光りする刃先を目《ま》の当たりにした桃は、さきほどまでの威勢を失い、青ざめて小さな体を震わせはじめる。

「一気に首斬り落としてやるから。怖いの嫌なら、お眼《めめ》つぶってな？」

獄卒が大鉈の刃を撫《な》でながら言うと、桃は完全にその場に凍りついた。

「待ってください」

後方に控えていた翠は、とっさに叫んだ。

「殺してはだめ。もしも亡者でなかった場合、死んで消えてしまいます」

「そなたは先日の……」

左獄司がはじめて翠の姿に気づいて言う。

「噂《うわさ》は聞きましたぞ。閻魔王の花嫁候補として王宮で働きだしたとか。主上は本気でこの山猿娘を娶《めと》るおつもりなので？」

鼻持ちならないようすで檀上の天鷲に問う。

「公《おおやけ》の場です。左獄司は口を慎みたまえ」

右獄司が淡々と諫《いさ》め、天鷲は聞き流した。

「……とにかく、殺すのはやめてください」

両の獄司をはじめ、補佐官たちも当然のように桃の斬首を受け入れているのが信じられなかった。

もしもこの亡者の正体が上層階級の子だったら、失踪《しっそう》した時点でとっくに事件になっている。となるとこの子が冥界《めいかい》人だとしても、おそらくは下層民。どうなってもいいと判断されているのだ。でも試しに殺すだなんて、安直すぎる。

「どのみち閻魔庁に侵入した罪人であるぞ？」

左獄司が言う。

「それでも死罪にはならないでしょう。わたしの時もそうだったけど、角《ツノ》がないというだけで命を軽んじるのはやめてください」

気色ばんで返すと、

「どうされます？」

榴が天鷲の意見を仰ぐ。

「しばらく閻魔庁の獄舎《ごくしゃ》でようすを見るとしよう」

天鶩の言葉にほっとした。ところが、

「檻《おり》……？」

桃の顔が不自然なくらいにゆがんだ。

「檻はいやだ……」

一歩、あとずさった。顔色は青ざめたままだ。

「待て、小童《こわっぱ》」

逃走の気配を感じた獄卒がすかさず腕を捕らえると、

「檻はやめろ、入りたくないっ、嫌だ、はなせ！　絶対に入りたくないっ」

身をよじって暴れだした。ひどい嫌がりようだ。檻を異様に恐れ、怯《おび》えている。

そもそも喜んで檻に入りたがる者などいないのだが。

「仕方ない。連れていけ」

天鶩が命じると、獄卒は「はいよ」と小柄な桃の体を軽々と担《かつ》ぎ上げた。

「やめろっ……、はなせ、はなしやがれ、この糞《くそ》ったれ鬼野郎」

なおも手足をばたつかせて抗《あらが》うが、

「糞ったれはてめえだ。大人しくしろや、このドちびのクソガキが」

獄卒は桃を肩に担いだまま、足取りも軽やかに裁定の間を出ていったのだった。

3.

その日の夜遅く、夕餉の支度も片付いてみなが宿舎に戻るころ、翠はひとりひそかに獄《ごく》房《ぼう》のある建物に向かった。

桃に会うためだ。檻を嫌がっていたのが気掛かりだった。それに試してみたいこともある。

看守に握り飯の夜食を差し入れて、一目、桃に会わせてくれと頭を下げると、意外にもすんなりと応じてくれた。

蠟燭《ろうそく》一本だけの暗い檻の中で、桃は膝《ひざ》を抱え、顔を伏せて小さくなっていた。女官頭や獄卒に威勢よく抵抗していた昼間とは別人のようだ。

明かりを持って近づいていくと、気配に気づいて顔を上げた。

「あ、おまえ」

格子《こうし》の向こうに翠の姿を見た桃は、あっと目をみひらいた。

「昼間、会ったでしょ。翠というの。あんたがあんまり檻を嫌がってたから、大丈夫かなと思って」

翠は桃の前に屈みこんだ。格子越しに見る彼は、やはりいくらか憔悴《しょうすい》していた。

「なんかよくわかんねーけど、おまえのおかげで命拾いしたような気がする。ありがと」

礼を言ってきたが、声にも張りがない。

翠は「うん」と頷《うなず》いてから、できるだけ明るい口調で問いかけた。

「あれからなにか思い出した？」

「なにも」

小さな膝を抱えたまま、つまらなそうにかぶりをふる。

「もっとこっちに来て、ちょっと首枷を見せてくれない？」

格子の間から、桃の首元に向かって手を伸ばすと、

「首枷？　なんで？」

問いながら、よつんばいで鉄格子の際まで寄ってきた。意外と素直な子だ。手が届くところまで来ると、よく見えるように顎《あご》を上向けてくれる。

「もう一度、数字をたしかめてみたいの」

数字の削られた部分にそっと手を当ててみる。そして「くすぐったいやい」と彼が首をすくめているうちに、廻帰の力を使った。

この亡号さえ取り戻せれば桃の正体がはっきりするからだ。

亡者なのか、そうでないのか――。亡者ならしかるべき措置を、冥界人なら原因を突き止めて救済してもらえるよう、天鷲にかけあってみるつもりだった。

削れた部分に触れて「戻れ」と念じてから、もう一度、首枷を見てみた。

ところが、

「ん？」

翠は暗がりで目を凝らした。

明かりを近づけて見てみても、削れた部分はそのままだ。

（数字が戻らない……）

なぜだろう。数字が戻らないのはおかしい。

「なんだ？　おまえ、これが欲しいの？」

首枷を手にしながら桃が小首を傾《かし》げる。かわいい。

「ごめん、今度はちょっと、おでこをさわらせて？」

翠はそのまま手を彼の額にあてた。次は記憶を戻してみるつもりだった。ふつうならまだ堕地獄以前の記憶を保っている状態だ。

（できるかな……）

記憶を元に戻すという抽象的な行為を試みるのははじめてである。

固体でないものを相手に廻帰の力を使う場合は、落ち着いて、対象物に深く同調する感覚で臨まねばうまくいかないことが多い。

しかも看守が背後で見張っているので、堂々と廻帰の力を使うわけにもいかない。ここは天鴦を回復させたときのように、手短に力を注いで反応を見るしかないだろう。

——原点廻帰。

ひとまず念じてみた。

本人の同意を得ているわけではないせいか、かなりの抵抗を感じた。

一瞬、なにかに細い鎖が幾重にも巻きついているような幻影が見えた気もした。

「…………っ」

桃がきゅっと顔をしかめた。手で触れられている部分がくすぐったかったのだろうか。

けれど形象化された深層部をゆっくり視《み》る間はなく、状態を把握できないまま翠は手をはなした。

「…………」

そのままじっと桃を観察してみた。

桃は目を擦《こす》ってから、なにか煩《わずら》わしいものをうち払うかのように二、三度、かぶりをふった。

記憶が戻ったのだろうか。

期待したが、しかし虹彩に浮かんだ亡者の印はそのままで、表情も冴《さ》えない。

(だめか……)

首枷も、記憶も戻らないなんてどういうことだろう。翠の力が弱まっているのか、あるいは天鴦の言う通り、何者かに特殊な術でもかけられているのだろうか。

どちらも不発に終わってやや気落ちしてしまった。が、桃が翠の横にある包みをじっと眺めているのに気づいた。

「あ、これ」

包みをひらいて、格子の隙間《すきま》から桃のほうに渡した。

「さっき作ったの。おにぎり。桃にあげるね」

竹皮に包まれて、青菜と昆布《こんぶ》味がある。もし亡者でないなら、お腹《なか》も空《す》くだろうと思って用意してきたのだ。けれど、

「…………」

おにぎりを見下ろしたまま、言葉の意味も理解できないような顔でぽかんとしていた。とくに物欲しそうに目を輝かせるようすもなく、反応は極めて薄い。

「桃は亡者だから、ご飯なんかいらないか」

翠は格子の隙間から手を入れて、ひらいたおにぎりの包みをふたたび元に戻した。

亡者には、五感はあっても腹が減ることはないし、食事もしない。

やはりこの子は亡者なのだろう。

記憶や首枷の番号が蘇らないのは謎だが、ひとまず今夜はここまでだ。

「また来るね」

立ち上がって、別れを告げた。

一応、おにぎりはそのまま彼のもとに置いておくことにした。

桃はなにかもの言いたげに翠を見上げた。けれど、言葉が見つからなかったらしく、かすかに唇を動かしかけただけだった。

第四章 廻帰の血脈

1.

翌日の昼下がり、翠《すい》のもとに天鳶《てんよう》からの知らせが届いた。

光明殿《こうみょうでん》の奥にいるから、手があいたら来いという。

どうせ会うならと、鷺《さぎ》豆の薬湯《やくとう》を煎《せん》じた。次はいつ会えるかわからないので、会えるときに廻帰《かいき》の力で彼の不調——あくまで翠の憶測にすぎないが——を治してあげようと思ったのだ。

豆の香りが厨《くりや》中に漂ってくると、

「またそんなものを煎じて、天鳶様にごますりのつもり?」

などと女官頭《がしら》たちがぶうぶうと嫌みを言いに来た。

「残りは飲んでいいから」

と勧めてみると、意外にも「じゃ、いただくわ」と茶菓子などを持ち出して素直に飲みはじめた。味は気に入ったらしい。

薬湯を水瓶《びん》につめて外廷に向かう途中、裏庭の古井戸の付近で伊百乃《いほの》を見かけた。

外廷に行かねばならない翠の代わりに、ゴミ捨てに行ってくれていたのだ。申し訳なかった。

裏庭には見慣れない花が咲いていた。

足の長い茎のその先に、丸みのある花びらが五、六枚ひらいた、芥子《けし》に似た可憐《かれん》な花だ。花びらが陽《ひ》の光を通して透けて見える。光加減によって濃淡がさまざまで、薄紫だったり、淡い桃色だったり。どれも透明感があって神秘的だ。まだ咲きはじめの時期らしく、多くは蕾《つぼみ》の状態だった。

伊百乃がそれを順番に摘み取って籠《かご》に入れている。

(わたしも摘んで竈《かまど》にでも飾ろうかな……)

幼少期、三途《さんず》の川沿いの小さな村に住んでいたころ、春になると河原の土手に咲いていた雛芥子《ひなげし》や撫子《なでしこ》、それに矢車菊《やぐるまぎく》などを思い出した。花を摘んで帰ると病に臥《ふ》せりがちな母が喜ぶので、瑞月《みづき》と競って摘んで帰ったものだ。

(懐かしい……)

昔をふり返るたびに母や鵠《くぐい》が恋しくなり、どこにいるのかもわからない瑞月のことが心配になった。

「失礼します」

翠は言われたとおりに、光明殿の裁定の間の奥に足を踏み入れた。

「…………」

出入り口に垂らされた帳《とばり》を手で避けて、ひと声かけて入ったものの反応はない。

室内は広く、四人掛けの正方形の黒檀《こくたん》の机がひとつある。補佐官たちとの話し合いに使われるのだろうか。裁定の間のさらに奥にこんな場所があるとは思わなかった。

金泥《きんでい》に牡丹《ぼたん》や鳳凰《ほうおう》が描かれた高そうな漆塗《うるしぬ》りの衝立《ついたて》。その向こうには牀榻《ねいす》が置かれていて、寝転んだ人の足元が見えていた。

（天奮様でしょ……）

判官服らしき裾《すそ》の色目からしてそうとしか思えない。

衝立の向こうに行ってみると、果たして、そこで居眠りしているのは天奮だった。すやすやと気持ちよさそうに寝ている。

だれもいないのをいいことに、翠は天奮の寝顔を覗《のぞ》き込んでまじまじと見つめた。

格子《こうし》窓から差し込む鈍い陽の光が、目元に睫《まつ》毛《げ》の影を落としている。

（睫毛長い……）

ゆっくり顔を眺める機会などなかったが、あらためて見ても、やはり美々《びび》しく整っている。この涼しげな美貌《びぼう》に何人の亡者が騙《だま》されたことか。

翠は胸元に視線を移した。彼の左手が、無造作にそこに置かれている。

男らしい大きな手だ。今ならじかに触れて、体に悪いところがあるかどうかを感じられる。天鷲を起こさないよう息をつめて、そっと手をかさねてみた。

あたたかい。寝ているせいだろうか。けれど、どこかはわからないが、やはり壊れているのに似た違和感があった。

天鷲は目を覚まさない。

そのまま、自分の掌《てのひら》に伝わってくるものに意識を集中させた。

また視《み》えてくる。形象化された意識の深部の状態が。

(これはなに?)

本地仏《ほんじぶつ》が見せているのだろうか。

真っ暗な闇《やみ》の空間にびっしりと真珠色の鱗《うろこ》の壁があって、それが下のほうからきらきらと崩れ落ちている。ばらけた鱗は奈落の闇に落ちて見えなくなる。けれど鱗の壁は常に再生するから、崩落は絶え間なく続く。闇に呑《の》まれないよう鱗は必死に再生をくりかえしている。翠にはそういうふうに見える。

崩落を止めてあげなければならない。本能的にそう感じた。

でも、なんでもない状態で廻帰の力を使えばばれてしまう。他人に対して、安易に使ってはならない力だ。

(少しだけ……)

試しに使ってみよう。気づかれない程度に。

天鴦の手に触れたまま、翠は目を閉ざした。

念じたとたん、崩落はぴたりと止まり、逆に流れはじめる。

きらきらと落ちていた鱗がすべて上方向に流れて、元の場所に収まる。鱗の壁は天上の彼方《かなた》に流れて消え失せる。そのくりかえしだ。

けれどたしかに元に戻っていくのを感じる。本来の健《すこ》やかな状態に。まるで美しい点描《てんびょう》曼荼羅《まんだら》を見ているような不思議な心地になってくる。

しかし壊れた器《うつわ》が元通りになるのとは違ってきりがない。終わりは見えない。

ひとまずここまでにしようと天鴦の中から幻視を絶つと、とたんに翠自身の体がずしりと重くなった。あまり経験したことのない感覚だ。ほんの少し力を使っただけなのに。それだけ天鴦の体に大きな負荷がかかっていたのだろうか。

(涼しい顔して亡者を裁くくせに……)

たぶん、いつも無理をしている。

天鴦は目を覚まさない。こちらに巡ってきた疲労感からして、力はそれなりに作用したはずだ。この良好な状態でしばらく休んでいてもらおう。

と、静かにその場から離れようと背を向けたそのとき、

「翠……」

だしぬけに手首を摑《つか》まれ、引き留められた。

どきりとしてふり返ると、当然ながら彼は目を覚ましていた。

「天鴦様……、起きたの……？」

寝起きとは思えないほどにすっきりした顔つきだ。効果があったのだと確信していると、

「そもそも寝てない」

「えっ」

ぎくりとした。ずっと起きていたのか。廻帰の力を使っているあいだも？

天鴦は翠の手首を捕らえたまま、ゆっくりと半身を起こした。

彼の耳元で、さらりと金の耳飾りがゆれる。

「翠は今、俺になにをした？」

とても凪《な》いだおだやかな声だから、逆に翠は固唾《かたず》をのんだ。

「なにって……」

やはり勘づかれているようだ。自覚できるほどにしっかり施したつもりはなかったが、起きていたせいだろうか。

「なにも。ちょっと襟《えり》が乱れていたから……直そうと……」

目を泳がせ、しどろもどろに言い訳しかけたところで、強い力で引っ張られた。

「えっ」

よろめき、牀榻の端に片膝《ひざ》をついて、そのまま彼の胸に飛び込んでしまう。

彼の計算どおりだった。とっさに肩を押し戻して離れようとするも、腰まわりをしっかりと抱え込まれて身動きが取れない。

「翠はいつも嘘《うそ》をつくとき俺の目を見ないな」

からかうような苦笑で指摘される。あからさまな言い逃れに、そろそろ呆《あき》れているのかもしれない。

「閻魔《えんま》王の目を見て、堂々と嘘をつける人がいると思いますか？」

至近距離にどぎまぎしながらも、まっすぐに天鵞の目を見返して居直った。

「なら、正直に話そうか。なにをしたのか教えてくれ」

さらりとこめかみの髪を掬《すく》い、耳にかける手に、返答を促《うなが》される。

とくに責めるでもない、優しい声だった。ただし視線は鋭く、柘榴《ざくろ》石の瞳は妖《あや》しさを帯びて、翠自身でさえ知らない事実を知っているようで怖くなる。

「………」

裁定の間で、はじめて亡者を問い詰めるときはこんな目をしているのだろうか。瞳の深さ、美しさに惑わされてうっかりなにもかも話してしまいそうになる。

でも翠は罪人ではないし、廻帰の力を知られるわけにはいかない。

「その前に、わたしを放してください」

近すぎる距離や色めいた仕草にも動揺する。これが手なのだろうか。頬《ほお》が真っ赤になっている気がした。

「教えてくれたらね。それまでは放してやらない」

いっそう強く腰を引き寄せて拒まれる。手綱《たづな》を締めるみたいに。

（意地悪い……）

強い興味と好奇心が向けられている。己の体に変化があったからこそ、なにを施したのか知りたいのだろう。そしてあわよくば利用したいと……？

身動きのとれぬまま、翠が口をつぐんでいると、

「天ケ瀬《あまがせ》で俺が探していた万病に効く妙薬というのは――」

じっと見つめたまま問われる。

「翠、おまえ自身のことなんだろう？」

「…………」

「工房主に痛めつけられたときの怪我も、女官たちのせいで負った火傷《やけど》の痕《あと》も、閻魔の苦も、薬湯ではなくおまえが異能を使って治したんだ。壊れたものを元に戻す力……廻帰の血脈によるものだ」

ずばりと言い当てられ、翠は絶句した。

ばれている。異能の種類までもが。

「……なんの……話……？」

喉《のど》から絞り出せたのはその一言だけだ。これまで、ただのひとりも廻帰という言葉に辿《たど》り着いた者はいないのに。

「昔、そんな不思議な異能を使う一族がいたらしいと、母上から聞いたことがある。ずっと、ただの御伽《おとぎ》話だと思っていた。だがおまえと出会ってから信憑性《しんぴょうせい》が増して、ひそかに過去の記録を探ってみたら結《むすび》家という異能をもつ一族に辿り着いたんだ」

結家。

まさしく翠の母が持っていた氏《うじ》だ。

「おまえは結家の末裔《まつえい》なんだろう、翠?」

核心に迫られ、翠は頭が真っ白になりかけた。

相手は冥界《めいかい》の王だ。いかなる力を使ってでも真実を追求してくるだろう。

でも、翠自身もそれがなんなのかわからないのだ。ただ廻帰の力だけが自分と瑞月にあって、他人に利用されないよう秘匿《ひとく》せねばならないと教えられただけ。

だから、しらをきりとおさねばならない。

「知りません」

とっさに翠は嘘をついた。

「聞いたこともないわ、そんな氏は」

目を逸らし、知らぬふりをする。閻魔王に嘘をつくなんて。ばれたら舌を抜かれるのだろうか。でも、それならこっちだって問い詰めたいことがある。

「正直に話さなければいけないのは、天鴦様のほうよ」

翠がふたたび天鴦を見据えると、

「なにを？」

意外な切り返しだったようで、彼がいくらか警戒したのがわかった。

「原因不明の病で苦しんでいるのは、友ではなく天鴦様自身なのではありませんか？」

深紅の瞳が、かすかにゆれた。それは彼にとってもおそらく、目をそむけられない事実のはずだからだ。たぶん、もうずいぶん長いあいだ苦しんでいる。

でも、なにか言いたくない理由があって、認める気はないのだろう。

「さあ。……そうかもしれないな」

他人事《ひとごと》のように、しかし目を逸らさないまま堂々とはぐらかす。実に無気力な、あきらめたような笑みを浮かべて。

「それで俺のために鷺豆の薬湯を？」

視線を卓子に置かれた茶一式に移し、おとなしく翠から手を放した。

解放されると、張りつめた空気は一気に緩んだ。

「そうです」

翠は追求をやめて、引き下がることにした。

「ありがとう。せっかくだからいただくよ」

立ち上がると、天鷲も牀榻から降りた。

それきり彼のほうも、廻帰の力については触れてこない。互いに弱みを握りあったような妙な心地だった。

水瓶から湯呑《ゆのみ》に薬湯を注いでみると、だいぶぬるくなっていた。効果は変わらないが、おいしくはないだろう。

「天鷲様が寝たふりなんかするから冷めてしまいました」

少々むくれつつ湯呑を差し出すと、

「ちょっと驚かせて遊んでみただけじゃないか」

少し笑いながら肩をすくめ、それを受け取る。

遊びにしてはずいぶん剣呑《けんのん》なやりとりでひやひやさせられたが。

薬湯を飲み干してしまうと、

「これから三途の川に用があって出掛けるんだ。会わせたい女がいるから、翠も一緒に来ないか」

空の湯呑を返しながら誘ってきた。

三途の川は、秦広《しんこう》州と初江《しょこう》州の間に流れる大河だ。

「会わせたい女とは……？」

「会えばわかる」

「行きたいです」

迷わず返事をしていた。王宮を出れば、どこかにいる瑞月に偶然に会えるかもしれない。今は少しの可能性も無駄にはしたくなかった。

「でも台盤所《だいばんどころ》の仕事があるわ」

「すでに話はつけてあるから心配は無用だ。どのみち今夜は暇だろう」

たしかに天翥が外出するなら宴席もない。

彼の目的がなんなのかはわからないけれど、

「ありがとうございます」

翠が礼を言うと、天翥は軽くほほえんだ。

2.

秦広州へは貴人御用達《ごようたし》の軒車《くるま》で向かった。

あのあと翠は天翥と内廷に戻り、支度を頼まれたという那霧《なきり》が持ってきてくれた衣に着替えた。唐花《からはな》紋様が織り出された上品な光沢のある木蘗《きはだ》色の深衣《しんい》だ。上衣の丈《たけ》がお仕着せよりも長めで裳袴《もばかま》もひらひらしているので華やいで見えた。

天鴦は閻魔王の判官姿だが、外出用のためか、大袖《そで》に織り込まれた柄ゆきや蔽膝《へいしつ》の色目などがいつにもまして麗々《れいれい》しく、着映えしている。

道中、彼は桃《もも》について話してきた。

「等活地獄《とうかつじごく》で獄卒《ごくそつ》が亡者に鉱山を掘らせているという事実は、確認がとれなかったんだ」

「桃が嘘をついているということ？」

翠にはそんな風には見えなかったのだが。

「そうなるが……、記憶が曖昧《あいまい》になっているようだから、あの亡者の中では事実なのかもしれない。だとすると、一概に責めるわけにもいかなくなる」

外の景色を眺めていた天鴦が視線をこちらに戻した。

「翠はなぜあの亡者を気にかけるんだ？　看守から、食事まで差し入れたと聞いた。結局、差し入れた握り飯は獄卒がひとりで全部食べてしまったらしいが」

「それは――」

はじめて貯蔵庫でぶつかったとき、今にも泣きだしそうな目をしていた。

助けてと。猫みたいに大きな目から、涙がこぼれ落ちそうになっていた。生意気な荒くれ者なのに、なぜか、思い出すと今も胸が張り裂けそうになる。

「あの子が亡者ではないのだとしたら、たぶん下層民でしょ？　下層民が追いつめられる姿を、見たくないと思ったのよ。自分があの子でも、おなじ目に遭《あ》わされるんだろうなって。そう思うとつらくて……」

自分たちは、いつも簡単に切り捨てられてしまう。光明殿でも、翠や桃のことはだれも守ろうとはしなかった。天鶩をのぞいてはだれも。

下層民とはこういうものなのだから仕方がない。頭ではわかっていても、殴られたり、罵《ののし》られたりすれば心はすり減ってゆく。たとえ廻帰の力で肉体的な痛みを消してもだ。

「だから、弱き者の立場を考えて決断を下してくれた天鶩様には感謝しています」

いい機会だと思って感謝を伝えると、彼は凪いだ表情のまま、無言で頷《うなず》いた。

「そういえば、天ヶ瀬の姐さん宛《あ》てに書いた手紙の返事がきません」

下天ヶ瀬にツノナシ粛清を計画する者がいるかどうか調べてもらっているのだが。

「情報の収集に手間取っているんだろう」

証拠が押さえられないなら、初江王を説得するほかの材料を見つけなければならない。

「初江王の次男の容体はその後、どうなりましたか？」

「意識は戻らないままらしい。外傷は腹部一カ所のみで治りの経過も悪くないのにな。こっちもなにかしらの術がかけられているのかもしれない」

頭部に損傷が見られるわけでもないので原因がわからず、医師も匙《さじ》を投げているという。

「鷺豆の薬湯を飲ませてみたら治るかも？」

翠は廻帰の力を使おうという下心があってつぶやく。もし目覚めさせられたら、初江王

の気をひけそうだからだ。ところが、

「……それは難しいな。必ず復活させられるという保証があるならいいが、万が一、体に合わなくて悪化した場合、初江王に合わせる顔がない。それでなくともわりと距離のある相手なんだ」

「わりと距離がある？」

微妙な言い回しである。

「ああ。十王がみな、和気あいあいと仲良くしているわけじゃない。閻魔王の座について間もないころ、一部の酒好きの王とは廓《くるわ》でのどんちゃん騒ぎで親睦《しんぼく》を深められたが、下戸《げこ》の初江王とはいまだ打ち解けていない」

「廓でどんちゃん騒ぎ……？」

「そこへきて閻魔庁《えんまちょう》の不手際によるあの襲撃事件だ。もはやいかなる失敗も許されない状況さ」

内容の真偽についてはさておき、初江王とあまり親しくないらしいことはわかった。

（初江王に取り入る絶好のネタなのに……）

疑いの晴れきっていない翠が勝手に診療処に赴いて薬湯を飲ませるわけにもいかないし。八方塞がりで、なんとももどかしい状況である。

冥都《めいと》を出て半刻ほどが過ぎた。

翠たちは、獄路《ごくろ》を使って秦広州と初江州を分かつ三途の川のほとりに到着した。

亡者にとっては死出《しで》の山路を越えた後に辿り着く此岸《このよ》と彼岸《あのよ》の境界である。こちら側は、渡りきったあとの彼岸だが。

川幅は人間道《にんげんどう》では四十由旬《ゆじゅん》（四百キロ以上）といわれ、向こう岸の見えない大河と語られているが、実際は見えないほど遠くはない。

翠は天鴦に連れられ、渡し船で川を渡った。

秦広庁の最寄りの橋は有橋渡《うきょうと》だが、そこは基本的に亡者専用の橋なので、冥界人が渡河する場合は船を使うのがふつうだ。

翠が乗ったのは、舳先《へさき》に龍の頭がついた貴人御用達の豪華な船だった。龍頭鷁首《りゅうとうげきしゅ》の船などは見るのも乗るのもはじめてで、金塗の鱗一枚でいくらになるのだろうなどと卑《いや》しいことを考えてしまった。

水の流れはゆるやかで、庶民《しょみん》が乗船している木船や、荷を載せた荷足船《にたりぶね》などがゆったりと往来していた。

「秦広州ははじめてか？」

船べりに腕をあずけて川景色を眺めていると、隣席の天鴦が訊《き》いてきた。

「ううん。昔、一度だけ母と弟と鵠の四人で、川沿いに立つ夜市に行ったことがある」

十二歳になった夏の頃だっただろうか。

「鵠というのは？」

「父親代わりみたいなものよ。本当の父親はわたしが生まれてすぐに亡くなってしまったから。代わりにその人が読み書きや護身術を教えてくれたの」

「なるほど」

天蒼はさほど驚かず、なにかに深く納得しているふうだ。

「鵠はとても強い男《ひと》よ。強くて優しくて物知りで、訊けば何でも教えてくれた。大物でも素早くきれいにやっつけてしまえて……、だから、はじめて天蒼様を見たとき鵠かと思ったわ」

それくらい鵠は強かったのだ。

「その鵠だが――」

たわいない話をするにはいささか硬い声だった。

「おまえが学んだという護身術は、実は俺が体得したのとおなじ流儀なんだ。だからおまえは俺にまったく歯が立たないんだよ」

「そうなの？」

たやすく次の一手を読まれてしまうのはそのせいか。

もちろん翠ごときでは、とうてい天鶩には力及ばないだろうけれど。

「我々の体術は天狗《てんぐ》から授かったと言われる極秘の流儀で、もともと王家に仕えた護衛が身につけていたものなんだ。つまり鵠は、貴人を護衛する一族の者であった可能性が高い」

「偉い人に仕えていたの……？」

たしかに上層階級や冥府《めいふ》がらみの事情にもよく通じていた。そもそも知識の幅の広い人だったから気にも留めなかったが。

「鵠は今どこに？」

天鶩が訊いてくる。

「わからない」

翠はかぶりをふった。

「昔から、常に一緒だったわけじゃないの。ふだんは母と瑞月の三人暮らしで、でもひどい差別を受けたり、だれかに追われたりするような状況になってくると鵠が助けに来てくれた。それで次の住処《すみか》を一緒に探してくれて、また新しい住処で慣れるまでしばらく共に暮らして……そんなのくりかえしだった」

だから鵠があらわれると、もうそこには住み続けられないのだと悟るようになった。

「でもわたしや瑞月が成長するにつれて会いに来る回数が減って、天ヶ瀬で母が亡くなってからはまったく姿を見せなくなったわ」

母を弔《とむら》った夜、おまえたちももう一人前になったから、わたしが守る必要はないのだと。

そう諭され、別れを告げられた。またいつか、どこかで会えるだろうと言い残して。

「ひとりのときは、どこかで別のだれかを護衛をしてお金を稼いでいたみたい。……きっと今もそうなんだと思う」

「流浪《るろう》の用心棒ってとこか」

「うん」

翠たちのことも、なにか事情があって守っていたのだろう。でなければ、没落した文無しのツノナシの親子など護衛するはずもない。

「なぜ鵠のことを知りたがるの？」

身辺を探られている感じがして警戒してしまう。

「おまえをもっと知りたいからだよ」

含みのある笑みに、どきりとした。

どういう意味で知りたいのだろう。どうとでも取れる表情だから見抜けない。

（わたしを知ってどうするのよ……）

落ち着かない心地になって、天鷲から目をそむけた。

結家についてや、翠が隠し持つ異能に興味を持っているのは確かだ。

（利用したいから……？）

疑いたくはないが、そうだとしたら危険だ。

しかし手の内を明かさぬ彼の目的を読むことはできそうにない。

話題はあたりさわりのない王宮内の与太《よた》話に変わり、そこから半刻ほどで船は川向こうの秦広州に到着した。

渡し場には川船奉行の詰め所があった。

船を下りた天鶩はそこの役人としばらく水運についての世間話をしてから、秦広庁の官庁の連なる川沿いの道を歩いた。

この辺りの川は大きく湾曲《わんきょく》している。奈川津《なかっ》と呼ばれる、亡者が渡川する界隈《かいわい》である。

官庁街から川を眺めると、四方八方に枝を広げた樹木と反り屋根の殿閣《でんかく》が見えた。

「あれが衣領樹《えりょうじゅ》ね？」

亡者が着ていた衣をひっかけ、罪業《ざいごう》の重さを量るのだと言われている大木だ。目にするのは二度目である。

「そうだ。あの樹のもとに会わせたい人物がいる」

天鶩も、枝の隙間《すきま》にはためく白い布――おそらく亡者の死に装束を眺めながら頷く。奪衣婆《だつえば》にでも会うのだろうか。

三途の川は、亡者には三通りの渡り方があって、罪業の軽重によってどこから渡るかが決まる。

ひとつ目は上流の山水瀬《さんすいせ》。膝下くらいの深さで、罪の軽い亡者はこの浅瀬を渡ることができる。

ふたつ目は中流にかかった有橋渡《うきょうと》。金、銀、瑠璃《るり》、玻璃《はり》、宝貝、珊瑚《さんご》、瑪瑙《めのう》の七宝で飾られた立派な橋で、生前、良い行いをしてきた亡者がこの橋を渡れる。

三つ目は下流の強深瀬《ごうしんせ》で、重罪の亡者が渡る激流だ。体は濁流に呑まれて岩肌にぶつかり、激痛に見舞われる。力尽きて川底に沈めば毒を持つ大蛇がいて喰《く》われるし、顔を出しても鬼から矢で撃たれる。

もちろんどれだけ体がぼろぼろになっても、自然に修復されて何度でも蘇《よみがえ》るから、痛みと疲労に耐えて渡りきるしかないのである。

翠は天鴦に連れられて河原に降りた。

秦広王の審判が午前で終了したせいか、あたりに亡者の姿はなかった。

巨大な衣領樹のもとには瀟洒《しょうしゃ》な四階建ての楼閣《ろうかく》があった。軒《のき》に房飾りのついた赤いランタンがいくつも並んでいる。

その三階の欄干《らんかん》の手すりに身をあずけて、ひとりの女がこちらを見下ろしていた。

一見して派手な美女だった。縹《はなだ》色の衣に濃淡、差し色をとりどりに着かさねて、金、銀、珠玉の飾りものを惜しみなく連ねた贅美《ぜいび》を尽くした装いである。

おまけに露出度が高く、乳房のふくらみが見えるほどに胸元をはだけ、下肢《かし》も裾が膝上丈で、太腿《ふともも》から下の美脚を堂々と晒《さら》している。帯の結びが前にあれば遊女である。

天鵞はその美女の姿を見上げると、

「よう。少し遅くなった」

あまり閻魔庁では見せない、くだけた態度で挨拶《あいさつ》をした。

美女は、紅《べに》のひかれた艶《あで》やかな唇の端を釣り上げてにやりと笑った。

「なんじゃ、今日は女連れか」

翠を無遠慮に見下ろしながら、からかうような口調で返してくる。

「そうなんだ。新たに頼みたいことがあってさ」

天鵞の言葉を聞いて、美女は建物内に姿をひっこめた。会わせたい相手とはあの美女だったようだ。

天鵞のあとを追って殿閣の中に入ると、内部には四人掛けの卓子が四台あって、茶楼《さろう》のような雰囲気だった。

「おう、近くで見ても健康そうな女子《おなご》じゃな」

階《きざはし》を下りてきた美女は、その大きな目で翠を上から下まで眺めまわしてから評した。

間近で見ても大輪の芍薬《しゃくやく》のごとき華やかさだった。はだけた胸元はみずみずしく、もちろんうしろも大胆《だいたん》な抜き衣紋《えもん》で艶やかだが、不思議と廓の女みたいな媚《こ》びた色香はなかった。

「わけあって閻魔王宮《うち》で面倒を見ることになった。翠というんだ」

「聞いているぞ。閻魔がめずらしくツノナシの娘を囲って、夜毎、寝所で寝技を決め込んでいるとか」

「夜毎ではないが……。さすがに耳が早いな」

天鶩が適当に流すので、翠も一応、「よろしくおねがいします」と頭を下げた。

「こっちは奪衣婆の希子《きこ》だ。俺の古い友人でもある」

「奪衣婆……」

亡者の衣類を剝《は》ぎ取って橋渡しをする冥官《みょうかん》だ。

場所がらそんな気はしていたが、婆というからにはもっとお年を召していると思っていた。この奪衣婆という役目は、司命《しみょう》や司禄《しろく》などとおなじく世襲制で、代々、指折りの名家が引き受けている。若くして代替わりしたのだろう。

「懸衣翁《けんえおう》はいないのか？」

天鶩が問うと、

「爺《じい》は亡者を見送ったあと、さっさと囲碁大会に出掛けたわ」

希子は言いながら、ふたりを窓際の円卓に案内した。

「どうぞ。金盞花《きんせんか》の花茶でございます」

召使いとおぼしき娘がお茶を淹《い》れてくれた。湯を注ぐと、まじないでもかけたかのように器の中でゆっくりと花がひらいた。

卓上には飴《あめ》細工が何本も壺《つぼ》に差してあった。色鮮やかな蝶や花や瑞鳥《ずいちょう》などで、ガラスみたいな透明感がある。

天翥は早々に切り出した。

「翠は双子の弟を探しているんだ。瑞月という名で、一年前に冥都に来たが、半年ほど前から音信不通になった。この顔によく似た男を見かけたら教えてほしい」

「ほう、双子の弟とな」

「希子は顔が広いし、ここに出入りする冥界人は意外と多いから、なにか手がかりが得られるかもしれない」

天翥は翠に説明してくれた。なるほど、それでわざわざ会わせたのだ。

「なぜここに冥界人が出入りしてるんですか？」

亡者が詰めかけるならわかるが。

「この女に向かって、冥途《めいど》十州のみならず、八大地獄、八寒《はっかん》地獄の隅々《すみずみ》から金になる情報が集まってくるからさ。いわゆる情報屋だ」

「一両なら引き受けてやってもいい」

「高いっ。わたしには払えません」

翠が一年かけてやっと稼げる金額だ。

「俺が払うからいい。しかし、渡し船の冥銭《めいせん》でしこたま儲《もう》けているくせにその高値か」

天鵞も白《しら》けたようすで希子を見やる。

「得体の知れん小娘の弟ごときに、そうやすやすと動けるか」

「せめて半値になりませんか……」

天鵞が払うならなおさら申し訳なくて願い出る。が、

「値切っても無駄だ、翠。こいつは金の亡者で、三度の飯より散財が好きな重度の浪費家だから」

「そういえば渡し賃の値上げの件はどうなっているのじゃ？」

三途の川は六文銭《ろくもんせん》を払えば川を渡らせてもらえる決まりになっている。

「えげつなく散財をくりかえすおまえの悪癖がばれているので連中も及び腰だ。もう認可はあきらめたほうがいいと思うぞ」

「視野の狭い古狸《ふるだぬき》どもめ。わしの趣味が冥途の経済を回す潤滑油となっているのがなぜわからんのじゃ」

「ものは言いようだな」

天鵞は呆れた笑みで流し、花茶を飲んだ。

「飴細工、きれい……」

翠もお茶を味わいながら、卓上に飾られた色とりどりの飴細工に見惚《みと》れてつぶやく。

「昨日、職人が来て手土産《みやげ》代わりに置いていったのじゃ。欲しいか？」

「うん」

「一本、五百文で天鴦が買ってくれるそうじゃ」

またたかりがはじまった。

「桁《けた》が間違ってませんか？」

団子が一本五文ほどの相場なのに。

「いいよ。好きなのを選べ」

天鴦は許してくれた。

「蝶々もきれいだけど、金魚もかわいい。迷うな……」

翠がふたつを交互に眺めて決めかねていると、天鴦は希子に無言で二本の指を立ててから銭差で括《くく》られた銅銭を二本、手渡した。結局、どちらも買ってくれたのだ。

「ありがとうございます」

翠は希子が壺から抜いた蝶と金魚の飴細工を受け取った。

細部まで繊細に造り込まれ、ガラス細工のように透けていてきれいだ。

「昔、鵠が夜市で花の飴細工を買ってくれて、髪飾りに見えたから髪に挿してみたことあった。わたし、髪飾りなんてひとつも持ってなかったから。……そしたら鵠がめずらしくかわいいなって褒めてくれて……。そういうのあんまり言われたことなかったからすごく嬉《うれ》しかったな……」

飴細工の簪《かんざし》を挿した晴れ姿の自分を思い出すと、顔がほころんだ。

ほんの数年前なのに、ずっと昔の出来事に思える。思い出すたびにせつなくなるのは、もうあの頃には二度と戻れないとわかっているからだろう。

「鵠とはだれじゃ？」

希子が小首をひねる。

「翠の父親代わりみたいなものだ」

「何でもできる人で、とても世話になったの。もう、今は会えないんだけど……」

ほほえんで語ったものの、声は尻すぼみになった。

希子が顔を覗き込んできた。

「翠は鵠が好きなんじゃな？」

「うーん、ちょっと憧れてた時期もあった」

顔を見れば嬉しくて、会うたびに無邪気にその胸に飛び込んで抱きついたものだ。けれどいつ頃からか、耳元で内緒話をするのも、手を繋《つな》ぐことさえもできなくなっていった。

鵠の心が、母にあると気づいたからだ。

彼が母を想い慕っているのが、ありありとわかるようになった。自分と瑞月にも溢《あふ》れんばかりの愛情をもって接してくれたが、あくまで母の付属品《ふぞく》にすぎなかった。守るべき相手は母、守りたい相手も母。廻帰の力を失った母が弱かったせいだろうか。

そういう鵠の気持ちを知って知らぬふりをしている節があった。

奇妙な関係だったと今でも思う。共に団欒《だんらん》のときを過ごすのに、夫婦にもならない。天衣無縫《てんいむほう》な母と、敬語で接する鵠の間には常に礼節が保たれていて、男女というよりは、なにか主従関係に近い雰囲気があったように見えた――。

「子供たちのところへ行ってくる」

だしぬけに天鶩が席を立った。

「なんじゃ、やきもちか」

「まあ、それもある」

「え？」

「ああ、翠は貧乏育ちの文無しだから、たかっても無駄だぞ」

出入り口に向かいかけた天鶩が、ふり返って希子に忠告した。

「文無しか……。残念じゃな」

希子は翠を見て、つまらなそうに落胆《らくたん》の溜息をついた。

「天鶩様はどこへ……？」

「館の裏にある賽《さい》の河原《かわら》じゃ。おぬしも見たいか？」

翠が「うん」と頷くと、希子は殿閣の西側の回廊に案内してくれた。

川を渡ってきた、少し冷たいくらいの風に頬を撫《な》でられた。

高みから眼下を見下ろすと、川には碧水《へきすい》が滔々《とうとう》と流れ、あとは丸みの帯びた大小の岩石が広がるばかりの荒涼たる眺めだった。

その河原で、幼い亡者たちが石を積んで石塔を作っている。

「子供の亡者が遊んでる……」

「遊びではない。昼間と夜中の三刻は、みな一斉に石積みをして過ごす決まりじゃ」

希子も子供たちを眺めながら答える。

「なんのために？」

翠は風にあおられる髪を押さえながら問う。

「罪滅ぼしじゃ。あの石を一番上まで積み上げて仏塔が完成させられれば三途の川を渡ることができる。ぎりぎりのところで獄卒が飛んできて壊してしまうのだがな」

たしかに完成間近になると、そばにいた獄卒が金棒をひと振りして崩してしまった。それを見た子供が大泣きしだす。

「無垢《むく》な子供になんの罪があったというんです？」

せっかく積み上げたのに、かわいそうだ。中にはまだ三つにもならない子もいる。みんな、避けがたい理由があって早逝《そうせい》してしまった不憫《ふびん》な子供たちばかりだろうに。

「親より先に死ぬという大罪じゃ。子を亡くした親の悲しみは計り知れん。立ち直れず、悲しみにとらわれて生涯《しょうがい》を過ごす者も多い。だからあの子らは、河原でひたすら石を積み上げて己の罪を償《つぐな》っているのじゃ」

ひとつ積んでは父のため、ふたつ積んでは母のため——。

そう謡《うた》いながら、泣く泣く石を積み、塔を作るのだという。

「それに早く死んだ子供は功徳もろくに積んでおらんからな。あの世に行くことさえ許されん」

淡々と語る希子は、しかし決して冷酷な顔をしてはいなかった。

河原にいる天鶩もそうだ。子供を見下ろすまなざしは、慈《いつく》しみをたたえて柔らかい。

「成仏の時を迎えた子供は、川を渡って泰山《たいざん》王のもとに導かれ、来世に繋がる鳥居をくぐる。子供は善趣《ぜんしゅ》に転生することがほとんどじゃ」

「善趣とは、たしか天道《てんどう》と人間道のこと？」

六道《ろくどう》のうち、善《よ》い行いをした者が生まれ変われるとされる世界だ。

「ああ。定期的にここに訪れて、時を迎えた子を見極めて来世に送り出してやるのも閻魔の仕事なのじゃ」

子供たちが天鶩に集まってきたのは、つらい石積みから自分を救ってくれるゆいいつの存在だからなのだろう。

「天鶩様って、どこか体の具合が悪かったりしませんか？」

河原で子と戯《たわむ》れている天鶩を眺めながら、翠は問う。付き合いが長い希子なら、なにか知っているのではないか。

「なぜそう思うのじゃ」

希子は意外そうに問い返してきた。

「触れてみるとわかるの。どこか壊れている感じがする。本人は友のために万病に効く妙薬が欲しいと言ってわたしの村に来たけど、実は自分のためだったんじゃないかと……」

彼の形象化された深層の状態は異常だ。

「友のため……か」

希子はなにか思うところがあるらしく、短く嘆息した。それから、

「閻魔も罪人なのじゃ。ゆえにその罰を受けている」

「罪人？」

不穏な言葉に翠は面食らった。

「なにをしたというの？」

「亡者を裁いて苦しみを与えるという罪を犯している」

人に苦痛を与えるのはこの上ない悪行であるから、その罪障《ざいしょう》を、冥府の王である閻魔が背負わねばならないのだという。

「それは定めではないの？」

　どうにも理不尽に聞こえるが。

「裁く者も裁かれるという、避けられえぬ因果応報の道理じゃ。我らとてしょせん解脱《げだつ》からは程遠い、迷いある衆生《しゅじょう》の一員にすぎん」

十王と、世襲されている一部の職掌《しょくしょう》に就く者は、大なり小なり背負うことになる地獄の業《ごう》なのだそうだ。

「人の世で閻魔王の顔が赤く描かれているのは、罪人に対する怒りや悲しみだけではない。一日に三度、熱した銅を飲まされ、閻魔自身も罰せられて苦しむ姿をあらわしているからなのじゃ」

「実際に灼熱《しゃくねつ》の銅を飲んでいるわけではないんですよね？」

「ああ。閻魔の場合は、浄玻璃《じょうはり》の鏡を映すときに膨大な負荷がかかるらしい。我々が幼少期から修行を積んで心身を鍛えるのは、負荷を軽くする目的もあるんじゃ。閻魔の消耗《しょうもう》は桁違いらしいがな。おまけに代々伝わる薬ではどうも効果が薄く、ひそかに悩んでいるようじゃ」

だから天ヶ瀬くんだりまで、あるかないかわからない薬を探しにやってきたのだ。それにすがらねばならないほどにつらいから――。

「どのみちあの伏魔殿《ふくまでん》にいては心労も絶えん。さっそく庁内でひと悶着《もんちゃく》あったばかりじゃろ。獄賊《ごくぞく》の気まぐれと片付けられんような厄介《やっかい》なのが」

「大学寮の襲撃事件のこと？　なにか裏があるんですか？」

「おそらくな」

希子は、小粒の貴石や金粉をあしらった自分の爪紅《つまべに》の出来栄《ば》えを満足そうに眺めながら、

「……おぬし、十王の不信任制度については知っているか？」

淡々と訊いてくる。

「はい。なにか不祥事を起こして、十王会議において満場一致で不信任となれば、自害して王の座を後継者に譲り渡す決まりになっているとか……」

「そのとおり。閻魔王を含む十王の座は、終身ではないのじゃ。だから冥府の中にも閻魔のやり方が気に食わなければ排除しようと目論む者も出てくる。襲撃事件は初江王を抱きこむためにそやつが打った布石だったかもしれん」

「なるほど……」

今回の事件で初江王の天奮に対する心証は悪化している。そうしてひとりずつ反感を植えつけ、叛意《はんい》を育ててゆけば、最終的に閻魔王を不信任に追い込むのが可能だ。

（獄賊のほかにも冥府転覆を狙う者が存在するというわけね……）

なにやらうすら寒い心地になってきた。

そうなると、天奮の不名誉な噂《うわさ》も彼の足を引っ張ることになりそうだ。さきほど罪人と

聞いたとき、一瞬その件が頭のどこかをかすめた。

「天奮様が、修行時代にふたりの兄を殺したという噂は本当なんですか？　わたしにはとてもそんな過去がある人には見えないのだけど」

修行仲間なら知っていそうだと、この際だから訊いてみた。

「真相が知りたいか？」

声音《こわね》はまったりしているが、朱の目張りの入ったまなざしは鋭かった。

「ご存じなんですね？」

知る覚悟を問われているような気がした。

「知るのはわしと転輪《てんりん》王のみじゃ」

「五道《ごどう》転輪王……？」

「ああ。おなじころに須弥山《しゅみせん》の修行に入ったからな」

希子は修行時代を偲《しの》んでか、遠い目をして川むこうの景色を眺める。

「須弥山での修行は壮絶なのだと聞いてます」

「須弥山自体が、神獣が跋扈《ばっこ》し、瑞鳥が飛び交う特殊な霊山じゃからな」

険難の高峰を越える登攀《とうはん》、深山幽谷《しんざんゆうこく》での塩断ち、穀断ち、断食、無言をくりかえす山籠りで、ツノナシの翠など三日で野垂れ死ぬという。

「天奮の過去については、むろんタダでは教えてやらん」

「いくらなんですか？　払うとしたら……」

払えるとも思えないが訊くだけ訊いてみると、希子はふふんと笑った。

「値はつけられん。命を差し出す覚悟でもあるのなら教えてやってもかまわんがな」

「さすがに命までは……」

そうまでして真相を知りたいとは思わない。少なくとも今は、知ってどうにかなるわけでもない。

「天鶱に興味があるか？」

希子はにやにやしながら問うてくる。

「あると言えばあります。あんなに強い人、見たことがないから」

鵠に似ているせいか、目が合うと妙にどきどきする。気になっているのは確かだ。それに体にかかっている負担もなんとかしてあげたい。もちろん、向こうが自分を利用する気でいるのなら思いは変わってくるけれど――。

「天鶱も翠に気があるようじゃ。あやつがここに女子を同伴させるのはめずらしい」

希子は天鶱に視線を移す。

「同伴は弟探しのためだと思う。……それにわたしは氏も持たないツノナシだから、閻魔王なんかとはどうにもなれません。昔は氏持ちだったみたいですけど」

「昔は？」

「亡くなった母には鬼族の血も流れていて、先祖は冥都で裕福に暮らしていたと言ってました。母も幼少期は冥都にいたと。でもなにかがあってそこを離れたみたい。それがなにかも知らないんだけど……」

氏を捨てた先祖には、よほどのことがあったのだろうと思う。幼いころは知りたい気持ちが強かったが、今は日々の暮らしに追われて興味も薄れてしまった。

「それなら氏を取り戻せばよいではないか」

「え？」

目を丸くした。

氏を取り戻す――。

そんなの考えたこともなかった。翠自身、結家についてはまだよくわかっていない。廻帰の力を有する一族であり、表向きには断絶したことくらいしか。

「もしも氏持ちになったら、不当な差別は受けずに済むし、閻魔の妻になる権利だって手に入るのじゃぞ？」

希子はおもしろそうに煽《あお》ってくる。

「閻魔の妻になる権利……？」

逆に今の自分には、その権利はないということか。花嫁候補の招待札を目にした冥府の人々の反応を見ていればわかるが。

（そもそも妻だなんて……）

出会ったばかりの、しかも身分が天と地ほどに違う男《ひと》を相手になにを考えているのだ。

「……どのみちわたしには、ほかにやらなければならないことがあるから」

なぜか赤くなりながらも、翠は拒む。瑞月を探し出すのが先だし、天ヶ瀬村を救うために初江王を説得せねばならない。

陽が沈んで風が冷えてきたので、ふたりは室内に戻った。

召使いが棗《なつめ》と枸杞《くこ》の実を煮出したというほの甘い薬膳茶《やくぜんちゃ》を出してくれたので、飴細工を眺めながらゆっくりとそれを飲んだ。

希子が瑞月についてたずねてきたので、彼の人となりや冥都に行った経緯を話していると、しばらくして天鶩が戻ってきた。

一瞬どきっとした。希子が変なことを言うから意識してしまう。

「陽が暮れてきたからそろそろ帰ろう」

彼が言うので、翠は「はい」と返事をして飴細工を袂《たもと》にしまいながら立ち上がった。

別れ際に、奪衣婆が天鶩に手を差し出してきた。

「おい、天鶩。おまえのためになるとっておきの桃色情報を翠に流した。提供料として一両よこせ」

「頼んだ覚えはないいんだけどな？」

翠もよくわからないが、旧友相手に容赦《ようしゃ》ない。もはや強請《ゆすり》である。

「いずれ役に立つからよいのじゃ。弟探しも先払いなら半値で受けてやろう。結果は必ず出す」

「…………」

希子の心境の変化に気づいた天鴦は、無言のまま袂から小判を取り出し、彼女に手渡した。取引成立である。

小判の数を数えた希子が「請求額より少し多い」と告げると、

「そいつは口止め料だよ。今後、翠によけいなことは吹き込むな、とくに桃色はな」

うっすら苦笑しながら釘を刺す。

「むしろそこが喋《しゃべ》りたいのじゃ」

乳房のふくらみの隙間に小判をねじ込みながら希子が返した。

「帰ろう。長居してもたかられるだけだ」

天鴦はやれやれとばかりに嘆息し、さっさと翠を館の外に促したのだった。

第五章 無間地獄への罠

1.

翌日、翠《すい》は桃《もも》のようすを見に行った。

天鳶《てんよう》に買ってもらった飴《あめ》細工のうち、金魚のほうをお土産《みやげ》としてあげるつもりだった。

昨夜は日が暮れてから閻魔《えんま》王宮に戻ってきた。帰りの道中に、希子《きこ》に払った情報料が高額すぎて申し訳ないのでなんとかして払っていきたいと言ったが、自分も弟の行方に興味があるのでけっこうだと言われた。

ひとまずは厚意に甘えて借りて、王宮勤務の俸禄から少しずつ返済していくつもりだ。

「桃、元気？」

牢獄《ろうごく》に着くと、桃は隅《すみ》に敷かれた蓆《むしろ》の上で横になっていた。掌《てのひら》に蛍石《ほたるいし》の耳飾りを握って、それをぼんやり眺めている。

「あれから、なにか思い出せた？」

「ううん」

桃は目もろくに合わせず、どうでもよさそうに首をふった。あいかわらずわからないままのようだ。

二日前に比べると、ずいぶんやつれて見える。薄暗い牢内にいるせいだろうか。表情も乏《とぼ》しい。このまま衰弱していくなら、亡者でなかった場合は蘇生《そせい》しないので危険だ。

「見て、これ、昨日、三途《さんず》の川の奪衣婆《だつえば》から天鶩様が買ってくれたの」

翠は袂《たもと》から、薄紙に包まれた飴細工をそっと取り出して見せた。

気怠《けだる》そうにこちらを向いた桃だったが、飴細工を見たとたん目をみはり、よつんばいで翠のほうに寄ってきた。

「わあ、金魚の飴細工だ」

鉄格子《ごうし》を摑《つか》んで飴細工に顔を寄せ、興味津々《しんしん》に見つめてくる。

「きれいでしょう？　天鶩様が二本買ってくれたから、これは桃にあげるね」

隙間《すきま》から飴細工を差し入れると、「ありがと」と嬉《うれ》しそうに受け取った。

「かわいいな。デメキンだ」

高窓から差し込む光に透かしたり、逆さから眺めたりしている。

陽《ひ》の光を浴びた飴細工の金魚は鮮やかに透けて、今にも泳ぎ出しそうだ。

「気に入ってもらえてよかった」

表情が一気に明るくなったので、翠はほっとした。亡者なら食べることもないだろうけれど、喜んでもらえたならそれでいい。

「もう行くの？」

立ち上がると、去るのを察知した桃が名残惜しそうにこちらを見上げた。

後ろ髪を引かれる思いだったが、戻らないと昼餉《ひるげ》の仕込みが遅れて、またいじわる女官たちに文句を言われることになる。

「うん、また来るね」

翠はほほえんで手をふり、桃と別れた。


内廷の厨《くりや》に戻ると、すでに何人かが下準備にとりかかっていた。

翠は竈《かまど》の大釜《がま》に水を張ってから、貯蔵庫に必要な食材を取りに向かった。

庫内では伊百乃《いほの》が屈みこんでなにかをしていた。

「伊百乃、どうしたの？」

「見て、こんなものがこぼれていて……」

伊百乃が立ち上がって、手にしたものを見せてくれた。細かく刻まれた枯れ葉だった。

「なんの葉だろう。薬草かなにか？」

「ええ。催眠効果のある薬草よ。だれかが使ったみたい」

「不眠の人でもいるの？」

「わからない。でも、こんなものが貯蔵庫に落ちているのはおかしいわね」

伊百乃は深刻な顔で床にこぼれた薬草を見ている。

薬草の類《たぐい》はふつう、王宮内にある診療処で管理されているという。

「だれが持ち出したのか、診療処に問い合わせてみる？　市中の薬房で買った可能性もあるけど……」

翠が言うと、伊百乃も「そうね」と同意した。

ふたりはひとまず、床にこぼれた薬草を拾い集めることにした。

その日の昼下がり、翠はひどい睡魔に襲われた。

賄《まかな》い飯を食べ終え、いつものごとくゴミ捨てをしに外に出掛けたときのことだ。

裏庭の焼却場に向かっていると、くらりと眩暈《めまい》のような強い睡魔がきて足を止めた。

「あ……」

なんだろう。あまり経験したことのない、病的な睡魔だ。

あわてて目を擦《こす》りながら殿宇《でんう》の外壁にもたれかかるが、焼却炉まで歩けそうにない。

（さっきの薬草……）

貯蔵庫に落ちていた薬草。あの後、伊百乃と王宮の診療処に問い合わせてみたが、取り扱いのない種類のものだった。だれかが外部から持ち込んだのだ。

もしかしたら、あれが、さきほど食べた賄い飯に入っていたのかもしれない。眠くなったのは翠だけだろうか。

(寝ちゃだめだ……)

もし寝入ってしまったら、夕餉《ゆうげ》の支度の時刻になっても起きられなさそうだ。

それを狙ったのだとしたら、犯人はいじわる女官たちだろうか。

そういえば今朝、天鵞と賽《さい》の河原《かわら》に出掛けたのを刺々《とげとげ》しい口調で根掘り葉掘り訊《き》かれた。おそらく誘われた翠が妬《ねた》ましかったのだろう。

壁に身をあずけて眠気をしのいでいたが、もうそれ以上動けないし、なにかを考える余裕もなくなった。ただ眠りたい。

やがて屑籠《くずかご》を抱えたまま、翠はその場にずるずると崩れ込んで目を閉ざしてしまったのだった。

2.

「おい、嬢ちゃん、いつまで寝てんだ。目ェ覚ませよ」

どれくらい眠っていただろう。気づくと、顔も知らない鬼の青年が自分を上から覗《のぞ》き込んでいた。

赤毛に一本角《ヅノ》の剽悍《ひょうかん》な顔立ちで、甲冑《かっちゅう》に虎皮裙《こひくん》を穿《は》いている。身なりからして獄卒《ごくそつ》のようだ。

「えっと……」

翠は寝ぼけ眼《まなこ》を擦りながら、あたりを見回した。

手足が折り曲げられていて、ひどく窮屈な体勢だった。それもそのはず、翠は大きな樽《たる》の中にいたからだ。おなじ樽が隣にいくつも並んでいて、ほのかに酒の匂いがした。

「なんで？」

驚愕《きょうがく》して立ち上がろうとするが、ずっとおなじ体勢だったらしく、節々が痛んだ。

「なんでって、そりゃおまえさん、こっちのせりふだよ。どうも重《おめ》えと思ったら、酒樽の中に女が紛れ込んでるんだもんよ」

立ち上がれない翠を見て、獄卒も目を丸くしている。

「嬢ちゃん、格好からして王宮勤めの女官だろ？　なんでまたこんなところに入ってんだ？」

樽の中からよろよろと立ち上がった翠の腕を、獄卒が支えてくれた。上背のある大鬼だが、織物工房にいた鬼のような残忍な印象はなかった。

「わかりません。たぶん薬を盛られて寝入ってしまって……、そのあとここにつめられたのかな……」

「自分で来たんじゃねえのか」

「違います」

「この樽にゃ、本来なら酒が入ってる。冥都《めいと》から役場宛《あ》てに定期的に届く物資のひとつさ。運搬業者も人が入ってることには気づいちゃいなかったみてえだけどな」

「だれに入れられたんだろ……」

台盤所《だいばんどころ》のいじわる女官たちの仕業だろうか。閻魔王宮の庭で寝入ったのを見計らって酒樽に閉じ込め、業者が運ぶ樽とすり替えて載せた——？

「ここはどこですか？」

荷台から地面に降りながら問う。さきほど役場とか言っていたが。

石造りの家屋が並ぶ、見たことのない街並みだった。彼方《かなた》に高い防御壁が見える。街は高壁に囲まれているようだ。

空が、夕焼けよりも濃い赤に染まっていて、なにやらものものしい雰囲気である。大気もむっと張りつめていて、今にも雨が降り出しそうだ。それに息をするたびになにかが引っかかって、喉《のど》の奥がひりつく。瘴気《しょうき》が異様に濃いのだ。

ギャァギャァと耳障《ざわ》りな鳥の鳴き声もした。空を仰ぐとめずらしい霊鳥が羽をはためかせて飛んでいた。

頬《ほお》を撫《な》でる生ぬるい風に乗って、どこからともなく人の叫び声も聞こえてくる。

胸にじわりと嫌な予感が満ちた。ここはもしや——。

「獄《ごく》の第八層目、最果ての無間地獄《むけんじごく》だぜ」

獄卒が白いぎざぎざの歯を見せて誇らしげに答えた。

「無間地獄？」

翠は目をむいた。獄だとは思ったが、まさか最下層まで落ちてきたとは。

「……っ」

いきなり胸がつかえて、二、三度激しく咳《せ》き込んだ。気道が狭まった感じがしてにわかに息苦しくなってきた。

「おまえさん、そのようすだとツノナシか。てっきり天人《てんにん》族かと思ったぜ。ここの瘴気はツノナシには濃すぎる。長時間いたら肺を悪くしちまうぞ」

咳《せき》をくりかえす翠の顔を覗き込み、真顔で獄卒が言う。ツノナシだからといって態度を変えるようなことはなかった。

「今、何刻くらい？　早く冥都に戻らなきゃ」

懐《ふところ》から手巾を取り出し、鼻と口を覆《おお》いながら問う。これで業風《ごうふう》はしのげるだろう。

「冥途《めいど》十州ならもう陽が沈んだあとだ。おまえさんみたいな弱っちいのが今から冥都に戻るのは不可能だぜ」

獄路《ごくろ》を使っても半日近くかかるうえに、夜道は化生《けしよう》の者が跋扈《ばっこ》するのでかなり危険なのだという。

「明日の朝一番に知り合いの油屋が冥都に発つから、そいつに乗っかって帰るしかねえ」

無間地獄には油田が多くあり、掘削した原油は精製され、冥界《めいかい》各地に供給されている。

「わかった。明日の朝、その油屋さんを紹介してください」

しかし、それまでどこでどう過ごしたらいいものか。

宿屋らしき看板も見えるが、お金を持っていない。

(今晩は野宿……？　この地獄の底で？)

瘴気は濃いし、土地柄、最も深い獄なので心細く思っていると、

「一緒に獄府《ごくふ》に行くかい？　今からこいつらを納めに行くんだ」

翠が入っていた酒樽だけは荷台から退《ど》けながら、獄卒が誘ってきた。

獄府は獄を管理するための地方官庁だ。八大地獄と八寒《はっかん》地獄の要所に設けられており、長官を務めるのは冥府の兵部《へいぶ》に籍のある高官である。

「どこにあるの？」

「あそこに見える高殿だ。王宮関係者なら一晩くらい身内のよしみで泊めてもらえるだろうよ」

獄卒が街路の正面にそびえる高楼《こうろう》を指して言った。

「ぜひそうしてください。お願いします」

頭を下げると、獄卒は翠を座席に座らせてから荷馬車を動かしはじめた。

ここは無間地獄の中でも刑場ではなく、獄卒たちの居住区のようだ。仕事を終えたらしい獄卒たちが、食べ物屋の集まった区域を行き来して夕飯を物色している。

あいかわらず風に乗って、亡者の叫び声が聞こえてくる。途切れ途切れではあるが、呻《うめ》きや断末魔の声も混じっていて耳を塞ぎたくなった。

「亡者の声が不気味ね。いつもこうなの？」

「ああ、じきに慣れるけどな。我々にとっちゃ、あんなもんは小鳥のさえずり程度のもんよ。断末魔の叫びなんかは近くで聞くと逆にクセになるぜ。欲しくなりゃ、亡者の首根をひと捻《ひね》りよ」

などと物騒なことを言う。人当たりはよくとも、残虐《ざんぎゃく》性はやはり人間よりも強い。

「すごいね。わたしは働けそうにない」

翠は顔をしかめて笑った。

「まあ、慣れんやつはさっさと辞めてくな。毎年、春になると新米官吏がひと月ばかり現場研修にやってくるがな、たいてい神経やられて寝込むやつが出てくる。温室育ちのボンボンにゃ、務まらん仕事さ」

神経が図太いと言われる鬼族の獄吏《ごくり》でも、心を壊して辞めていく者がたまにいるという。

しばらく行くと店屋が途切れ、道が獄府の高楼に続く坂道に繋《つな》がった。

長い坂道の脇には大小のごつごつした岩石があって、その隙間を縫うように花が咲いていた。

「あ」

暗がりで目を凝《こ》らした。芥子《けし》に似た、丸い花びらの花。以前、閻魔庁の裏庭で伊百乃が摘んでいた花とおなじだ。

「花が咲いてる……、ほら、あそこ。きれいな花……」

指さして言った。

「おう、あれは獄にしか咲かない花だな」

獄でも昼夜が存在し、昼間なら今よりはずっと明るくなるし、風向き次第では瘴気も晴れる。ゆえに、この環境下でのみ育つ植物というのが幾種類かあるのだという。

「よく似たのを閻魔王宮の庭でも見たわ」

あの日、あとで摘みに行こうと思っていたが、伊百乃がすべて摘んでしまったらしく、もう咲いていなかったのだ。花はおろか、葉や茎さえも見当たらなかった。広い王宮のことだから、もしかして摘んでいた場所を勘違いしたのかもしれない。伊百乃に訊くのをすっかり忘れていた。

「そりゃありえねえ。あの花が十州のどこかで咲いたら獄漏《ごくも》れが起きてる証拠だぜ?」

「獄漏れとはなに?」

「ああ。獄路が繋がるときってのは、たいてい小さな綻《ほころ》びからはじまるんだ。岩の割れ目とか木の根の隙間みてえなとこからな。で、だんだんそいつが少しずつ広がって、獄の大気が外に抜け出していくようになると、こっちの虫けらや植物も自然と移ってくから、十州のどこかに獄に似た場所ができあがっちまうわけだ。その状態を獄漏れというのよ」

微小の獄漏れからはじまって、最終的に人が行き来できるほどの道になったものが獄路なのだという。

「獄に近い転輪州《てんりんしゅう》なんかは獄漏れが頻繁《ひんぱん》に起きてな。そのせいかあそこは治安も悪くて、なんかもう半分獄みてえなもんだという奴もいるよな。転輪王がおっかねえからだれもなんも突っ込まねえけど」

獄卒はそう言って苦笑した。転輪王──天鶩の修行仲間だった人物だ。

「転輪王はおっかないの？」

「顔が見えねえからな。いつも布で覆ってなさる」

「なんで？」

「さあ。目もあてられねえほどに醜《みにく》いからとかか？　おっと、無間地獄にゃよくおいでになるから聞かれちゃまずいぜ」

獄卒は大仰に口を覆って辺りを見回す。

「ふうん」

転輪州は空気が悪いので翠は住んだことはないが、このところ転輪王について耳にする

機会が増えて興味がわいた。翠は話を戻し、

「花は見間違いかな。同僚の女官がよく似たのを摘んでいるのを見たんだけど」

「獄の花なら女官が通報しないわけがねえ。よく似たのもあるから、おまえさんの勘違いだろうよ」

獄卒は、昇りでへたばり気味の馬の尻をぴしりと打ち据えて笑う。

「そっか」

翠も考えすぎかと思い直した。

獄府へは、半刻ほどで到着した。

獄卒は外で待ちかまえていた別の獄卒に酒を納めた。翠はずっと座席に腰かけたまま動かなかった。なんとなく寒気がして、動きたくなかった。

その後、獄卒は翠を連れて殿閣《でんかく》の最上階の一室に向かった。

「おまえさん、顔色が悪いな」

獄卒がのろのろと動く電動式の昇降機の中で顔を覗いてきた。四隅に灯《とも》された蠟燭《ろうそく》の明かりが乏しいせいでは、とも思ったが、

「うん、なんか寒い……。息も苦しいし……」

小さく咳《せ》いてから、自分の体を抱きしめた。獄でも季節は十州と変わらず、今は過ごしやすい時期のはずだ。にもかかわらず、体の芯が勝手に震えだすような悪寒《おかん》があった。

「瘴気にあてられちまったのか。ツノナシは弱《よえ》えなあ」

獄卒はやれやれとばかりに肩をすくめた。

最上階の一室に入ると、数人の獄吏が机に向かって書き物をしていた。

獄吏は、おなじ鬼でも武官風情《ふぜい》の獄卒とは異なり、閻魔庁《えんまちょう》にいる冥官《みょうかん》とおなじ官服に幞頭冠《ぼくとうかん》だから一目でわかる。

獄卒はそのうちのひとりに挨拶《あいさつ》をし、翠を紹介した。獄の官庁に詰めているのも納得の屈強な風体の男である。閻魔庁で見かけた兵部の長官とおなじ濃紫色の官服だ。おそらくこの獄府の長官なのだろう。

「ツノナシが女官勤めをしているというのが信じがたいのだがな」

獄卒から事情を聞いた長官が、翠に疑わしげな目を向けてきた。

「閻魔王は出自や種族による差別はなくせと仰せで、積極的に採用してくださったのです」

けほけほと空咳をしながら答えた。

「うーむ……」

獄吏は納得いかないようすである。

「体調がすぐれんようです」と獄卒。

「うーむ……」

獄吏はもう一度唸《うな》ったが、着ているものが王宮の女官のそれなのと、翠の具合が悪そうなので追い出しはしなかった。

「念のため、閻魔庁に確認をとるとしよう。ひとまず宿直用の一部屋を貸し出すが、おまえが偽者と判明した場合は即刻、退室していただく」

「わかりました」

翠は神妙に頷《うなず》いた。

獄卒は、明朝、世話になる油屋の連絡先を教えてくれた。彼には何度も礼を言って別れた。偶然に出会えた獄卒がいい人でよかった。

部屋には握り飯を用意してもらえたが、手が出なかった。殿閣内部にいればそれほど空気は悪くないし、亡者の声も聞こえてこなかったが、食欲がなくて食べる気にはなれなかった。

風呂で温まろうとしたが、湯に浸かると体力を消耗《しょうもう》してかえって悪化した。

(ふかふかの寝床で寝ればきっと治るって……)

造りつけの床榻《ベッド》に、早々に潜り込んだ。閻魔王の寝床には劣るが、村で暮らしていたころの煎餅《せんべい》布団に比べたらずっと柔らかく厚みもあった。

しかし寒気が収まってくると、今度は体が怠《だる》く、力が入らなくなった。発熱したのだ。

やはり濃い瘴気にさらされていたせいだろう。

(いじわる女官たちの目的はこれだったのかな……)

心肺機能の劣るツノナシの翠を、瘴気の濃い土地に送り込んで弱らせる。ここまですれば、嫌がってみずから王宮を去ると考えたのだろう。

（残念ながら、弟が見つかるまでは出ていけないわ……）

翠は熱く苦しい溜息をついた。

あるいは、冥都に来てからの疲れが出たのかもしれない。ずっと働きづめだったし、短期間にいろいろなことがありすぎた。瑞月《みづき》のことも気掛かりなままだ。

瑞月はいまどこにいるのだろう。無事なのだろうか。こんなふうに瘴気にやられたりしてはいないだろうか。そもそも、ちゃんと生きているのだろうか――。

死は、できるだけ考えないようにしてきた。絶望的な気持ちになりたくなかったから。でも頭のどこかで、もう瑞月は生きていないのかもしれないとも思っている。昔、母も、瑞月は長く生きられない体なのだと言っていた。

（だめだ……）

弱るとどうしてもよくないほうに考えてしまう。

もはや廻帰《かいき》の力を使う気力はなかった。外傷はすぐに自力で治そうと思えるのに、内からくる病はどうもだめだ。集中もできないし、力をふるって打ち勝とうという気になれない。昔から、こういうのは瑞月が治してくれていたからだろうか。

（瑞月……、どこへ行ってしまったの……？）

少しでも楽になりたくて、下天ヶ瀬《あまがせ》の蓮野《はすの》を想った。業風の吹かない澄みきった空のもと、瑞月と、母と鵠《くぐい》と一緒に蓮の咲き乱れる池の小路を歩いた。あのときの、ほの甘く澄んだ空気を。

さらにもっと昔、緑深い山中で追いかけっこをしたとき、胸に一杯吸い込んで味わった冷たくて清らかな空気を。

3.

光明殿《こうみょうでん》の裁定の間。

昼過ぎに一旦、閉廷したが、天鴦と樒《しきみ》と那霧《なきり》、ほか二名の補佐官が、日が暮れても居残って残務処理をしていた。明日は十王会議があって時間がとれないため、書類のみの審理は繰りあげで本日中にこなさねばならないのだ。

「あと残り三件です」

樒は檀上で執務にあたる天鴦に伝えた。急《せ》かす気はなく、単に目安として告げただけだ。

天鴦が目を通しているのは閻魔帳《えんまちょう》で、亡者の罪業《ざいごう》と、秦広《しんこう》王から五官《ごかん》王までの四王による審理の結果、および閻魔庁の冥官が仮に下した裁定の結果である。

人間が生涯《しょうがい》のうちに犯す罪業の数や種類は、個体の性質に基づいておおむねパターン化している。従って来世の転生先も、たいてい雛《ひな》型のどれかに当てはめて決定できる。だから書類で審理が片付く亡者の場合、閻魔王は閻魔帳を斜め読みして印璽《いんじ》を押すだけで実はこと足りる。過去には閻魔王の代理が押していた時代もあったほどだ。

だが天鴦は、時間の許す限り熟読し、じっくり吟味《ぎんみ》してから印璽を押す。ひっかかる点があれば徹底的に追求させる。このあと変成《へんじょう》王と泰山《たいざん》王の審理も控えているから、手落ちがあるのはたしかにまずいのだが、政務に関してはおよそ隙のない完璧主義者である。

「この亡者の倶生神《くしょうじん》を捕まえて晩年期の六十五番の罪過の仔細《しさい》を照合しろ。あと追善《ついぜん》の内容はもう少し明白に。これでは減刑しづらい」

といった具合に精査の指示が入ることもしばしば。

「承知しました」

補佐官のひとりが指示書の作成にとりかかろうと筆を手にしたところで、ひとりの冥官があわただしく入ってきた。

「主上、さきほど獄府が急使を寄越してきまして、至急、閻魔王にご確認をとりたいと」

天鴦は書類から顔を上げた。

「どこの獄府？」

「無間地獄です。閻魔王宮に勤める女官をひとり保護しているそうで。身元が怪しいので確認をとりたいそうです」

「女官が？　獄吏と逢引《あいびき》でもしに行ったのか」

あらたな閻魔帳をめくりながら天鶩が冗談めかして返すと、那霧が、

「明日は十王会議です。準備に忙しいこの時期に暇を貰《もら》っている女官はいないはずですわ」

不審そうに首をひねったところへ、あらたに女官がせっぱつまった顔で駆けつけた。

いつも翠の隣で見かける顔だ。伊百乃といったか。はやる胸を押さえて礼を取ると、早々に跪《ひざまず》いて訴えてきた。

「天鶩様、翠の姿が見当たりません！」

「翠が？」

「はい。昼過ぎに共に賄いを食べたあと、彼女がひとりでゴミ捨てに行ったのですが、それきり戻っていないのです」

「もしや無間地獄にいるのは翠なのか……？」

「無間地獄に？」

伊百乃はありえないとばかりに目をむいた。

「獄府によるとその女官はツノナシで、発熱しているそうです」

事態の読めぬ冥官が、戸惑いながらもひとまず告げてくる。

「ツノナシだと？」

天鴦の表情がやや険しくなった。

「では、まちがいなく翠ですね。発熱は瘴気にあてられたせいかしら。ツノナシは肺が弱いから……」

那霧が翠の身を案じて言う。

「翠の昼間のようすはどうだった？　普段通りだったか」

天鴦が女官に問う。冷静な口調だが胸中は穏やかでなさそうだ。

「はい。元気に作業していました。賄いも残さずきれいに食べておりましたし」

親しくしている女官が言うのだから、間違いはないのだろう。

「となると、やはり瘴気にやられたのか」

「なぜみずから、わざわざ瘴気の濃い場所になど行ったんですかね？」

動機が思い当たらず、榣はつぶやく。ツノナシなら下手すれば肺病になるほどの危険な場所である。弟探しにしても、いきなり獄に捜索は行かないはずだ。

するとと伊百乃が思い出したように言った。

「そういえば不審な点がいくつか……。催眠効果のある薬草が食物貯蔵庫にこぼれていたり、昼下がりには女官頭《がしら》を含む数人の仲間の姿をしばらく見かけませんでした。もしや彼女らの企《たくら》みだったのかも……」

「一度、全員に問いただしてみろ。今すぐにだ」

「かしこまりました」

命じられた伊百乃は礼をとって引き下がった。

何人かの女官が敵愾心《てきがいしん》をむき出しにしていると那霧から聞いた。閻魔王の心を摑んで妃となれば家格は上がり、身内の出世までが見込める。競争相手は少ないほうがいいに決まっているから、花嫁候補に横槍《よこやり》を入れたくなる気持ちはわからないでもないが——。

「どうされますか?」

榁が出方を問う。これまでの対応からしてなんとなく予測はついたが、案の定、

「無間地獄に行ってくる」

天鴦は机上の巻子《かんす》や帳面を片付けだした。

「いまからですか?」

補佐官らがぎょっとして問う。

「夜も遅いですし、代わりの者を行かせては?」

榁も提案するが、

「明朝には必ず戻る。残務も片付けておくから、みなはここまでで上がれ。ご苦労だった。榁は留守を頼む」

こちらに命じると早々に席を立った。

「承知しました」

手駒《てごま》のひとつにしては庇護が厚い。それほど閻魔庁にとって価値がある女なのか、あるいは個人的感情で動いているのか――。

いまひとつ腹が読み切れないまま、榕は頭を下げた。

4.

――姉さん。
ふと、聞き慣れた声が耳をうつ。
蓮がそこかしこで咲き乱れる蓮園で、翠は大輪の花びらの数を漠然とかぞえていた。
ふりかえると、瑞月が立っていた。
――瑞月……、どこにいたの？　探したのよ。
清廉《せいれん》なまなざしが懐かしくて、泣きたくなった。
置き去りにされてしまったのが悔しくて悲しくて寂しくて。
言いたいことがたくさんあったはずなのに、なにひとつ言葉にならない。
――どうしてそんなところにいるの。危ないからこっちへ来て。
彼の向かう先はいつのまにか、蓮野からただの泥の沼に変わっている。
深く底無しの。生き物の気配のない不毛の沼地。

て。

——だめ、もうそれ以上、行っちゃだめだったら。そこは危険だからこっちへ戻ってき
手を伸ばして捕まえようとするのに、瑞月はどんどん歩を進めて翠から遠ざかってゆく。

あの日、試験を受けるために村を出て行ったときのように。翠の知らない荷物を抱えて。

——おねがい、帰ってきて。わたしを置いて行かないで。

母も、鴇も、瑞月もみんな行ってしまう。ひとりになんかなりたくないのに。

蓮の葉や茎をかき分け、翠は泣きそうになりながら追いかけるけれど、まとわりつく泥に足をとられて思うように動けない。

——姉さん、僕らが逃げて暮らさなければならなかったのは、ツノナシだったせいじゃない。それだけじゃないんだ。

あきらめて嘆く、暗い声。目をそむけてきた事実を突きつけるみたいに。

泥の中を必死に足掻《あが》きながら、翠は瑞月とおなじ感情にとらわれる。

知ってる。わたしも気づいてたよ、瑞月。

それはたぶん、わたしたちの体に結家《むすび》の血が流れていたから——。


獄府の庁舎に用意された宿直用の一室で、翠は熱に浮かされていた。

無間地獄という場所の影響か、業火《ごうか》に焼かれる類《たぐい》の悪夢を見て、息苦しさに目が覚めて、また眠りに落ちて。

ひりひりする咽喉《いんこう》の渇きや、頭痛に耐えながら輾転反側《てんてんはんそく》をくりかえしていた。

ふと、部屋の戸が開けられる音がした。次いで、だれかが部屋に入ってくる気配が続く。

翠はまだ、夢とうつつを行き来しながら浅い眠りをさまよっていた。

額と、頬にそっと触れられる。熱をはかるみたいに。

だれ……？

優しい手つきだったから、抵抗する気にはならなかった。むしろ甘えていたいような、慕わしげに感じられる掌の感触だった。

その手に片頬を包まれたまま、相手の気配がふっと近づいてきた。

かと思うと、軽く唇を塞がれる。

「ん……」

呼気を奪われる代わりに、きんと冷えたなにかが与えられた。唇をひらかされ、舌を使って口内に押し込まれる。

冷たい。

これがなんなのか、知っている。幼いころ口にしたことがある。氷飴だ。熱さましに使われる凍った飴玉を、だれかが与えてくれたのだ。

抵抗を忘れた夢うつつの状態で、翠はそれを受け入れた。

互いの熱と、冷たい氷飴がひとつに混ざりあう奇妙な感覚。

けれど、それもほんの数拍のあいだのことだ。氷飴はふたりのあいだで淡雪のように儚《はかな》く溶け、唇がほどかれるころには跡形もなくすっかり消え失せている。

だれ……？

舌に残る甘みに、腫《は》れた喉の痛みがたちまち癒《いや》されていく。

体を苛《さいな》んでいた熱も少しずつ失せて、楽になっていくのがわかる。

あなたはだれなの……？

熱の檻《おり》から抜け出したような快《こころよ》い解放感に浸っているうちに、ふたたび眠気がおとずれ、翠は二度目の深い眠りについた。


それからどれくらい眠っただろう。

ごとごとごと……と、耳に車輪の回る音が響いてくる。体も小刻みにゆらゆらと揺れていて、隣にいるだれかが、ぐったりと脱力した翠の上体を支えてくれていた。

気怠さは依然としてあるものの、体はいくらか楽になっていた。熱がひいたらしい。

（氷飴を食べたから……？）

ゆっくりと目をあけてみた。自分を抱き支えていたのは天鶩だった。

「天鶩様……？」

擦《かす》れた声しか出なかった。

「目が覚めたか。気分はどうだ？」

間近から顔を覗きこまれる。この美しい深紅の瞳にはいつも緊張させられるのに、今夜はなぜか安堵《あんど》した。遠い地獄の底で会ったからだろうか。

「熱は……だいぶ下がったみたい。ここは……？」

視線だけ巡らせると、低い天井の四隅に橙《だいだい》色の灯《ひ》がともっているのがわかった。

「軒車《くるま》の中だよ。冥都に向かっているが、まだ獄路の真っ只《ただ》中だ」

翠を気遣ってか、落ち着いた声で答える。

小さな物見窓に目を移すが、まだ真っ暗で夜は明けていないようだ。どのみち獄路の中は暗闇《くらやみ》だ。

「迎えに来てくれたんですか……？」

体が密着しすぎているから、遠慮して起き上がろうと思ったが、そんな体力はなくて、ひとまず身をまかせることにした。

「無間地獄から使いの者が知らせに来たんだ。伊百乃も――」

天鶩はなぜかそこで一旦、ためらいがちに言葉を切った。

「伊百乃も？」

「おまえの不在に気づいたようで、わざわざ知らせをくれた」

「天鵞様は……いつ来てくれたの……？」

氷飴を与えてくれたのはだれだったのだろう。知りたくて、ほの暗い視界の中でじっと目をみつめる。

「さあ、夜半過ぎだったかな」

答えは曖昧《あいまい》だ。

あれはだれだったのだろう。口の中で消えてなくなった氷飴の懐かしい甘みや、かさなりあった唇の感触を思い出そうとするのに、そもそもそれが夢だったのかうつつだったのかさえ、もはやわからないのだった。

「冥都に帰るの……？」

「ああ。おまえはツノナシだから、獄に長居するのはよくない」

「夜道は危険だと、獄卒が言ってた」

「俺がいるから大丈夫だ」

「天鵞様も、体調が悪いのでは？」

わざわざ獄まで迎えに来るなんて、薬が必要だったからなのに違いない。

「ん？」

問いの意味を摑みかねてか、けげんそうに首をひねる。

「奪衣婆から聞きました。代々、十王が受けている苦行のことを。とくに閻魔王はそれが重くて、浄玻璃《じょうはり》の鏡を映し出すたびに大変な負荷がかかるのだとか……」

「………」

よけいなことをしゃべったなと、天鴦はかすかに眉をひそめた。

「でも、今日は薬湯《やくとう》を作れないから……。ごめんなさい」

翠は目を伏せて詫《わ》びた。天鴦を癒せないなら、自分が閻魔庁にいさせてもらう権利などないように思えた。

「いいんだ、ここへはおまえを迎えに来ただけだよ。今は自分の心配をしてくれ」

天鴦はそう言って翠の体を支えなおす。

懐かしい感覚に、ゆっくり瞳を閉じた。子供のころ、鵠もこうして翠を介抱してくれた。腕《かいな》から伝わるぬくもりが、熱の苦しみや不安を癒してくれたものだ。

（やっぱり、だれか支えてくれる人がそばにいるのっていいな……）

たとえ、かりそめのぬくもりだとしてもだ。

母が死んで、鵠がいなくなって、瑞月もいなくなって、それからずっと毎日ひとりで生きてきた。転んでも、だれも助けてはくれなかった。あの村では、みんな自分が生きるのに必死だったから。自分も廻帰の力に頼って、搾取《さくしゅ》される現実からは目をそむけていた。

でも、たとえすぐに傷が癒せても、痛いものは痛い。心は血を流し続けたままなのだ。

だから優しくされると、心が繋がっているみたいなあたたかな気持ちになって安らぐ。

天鷲がどういうつもりでいるのかはわからない。けれど、鵠に似たこの懐の広さには少なからず心惹《ひ》かれてしまう。

「天鷲様にお願いがあります」

ずっと考えていたことを口にしてみた。天鷲さえ味方になってくれれば、たやすく叶うことがあるのだ。今なら、この男《ひと》を信じられそうな気がした。

「なんだ？」

天鷲が少し抱擁《ほうよう》を解いた。

耳を貸してもらえそうなので、翠は体を起こして続けた。

「明日の朝、初江王《しょこうおう》の息子に会わせてください。わたしが目覚めさせます」

「目覚めさせる？　どうやって？」

「廻帰の力を使うの」

暗がりで、まっすぐ天鷲を見つめ返して告げた。半分、賭《か》けをする気持ちで。

「……………」

数拍の間があった。

「やはりおまえは結家の者か」

白状するのを待っていた口ぶりだ。光明殿での昼寝のときから確信していたのだろう。

無言でそうだと頷いてから、

「でも力のことはだれにも言わないで。皆には、わたしの煎《せん》じた薬湯のおかげで劇的に回復したのだと伝えてください」

図々しく願い出た。そうして初江王の気を引くのだ。

天奮ならだれにも話さないでいてくれる。直感的にそう思ったからうちあけた。

「閻魔王の花嫁候補が回復させたとなれば、天奮様の手柄にもなる。わりと距離のある王《おう》を相手に、悪い話ではないと思います」

挑むような目でたたみかけると、

「わかったよ。次男に会わせよう。異能については、だれにも言わないと約束するよ」

天奮は神妙に頷いた。覚悟を受け止めてもらえたようで、翠はほっとした。

「しかし十王相手に恩を売るとは、おまえもなかなかしたたかな女だな」

意外そうに苦笑している。

「村のためだから」

無事に次男が目覚めれば、初江王は耳を貸してくれるだろう。

「……でも、なんだか疲れました」

脱力感がどっと押し寄せてきてぼやく。結家だとうちあけるのに、思いのほか神経をすり減らしたらしい。

「そうだ。こんな弱ったときにする話じゃない。冥都に着くまでは休んでいろ」

天鶩は翠の肩を抱くと、ふたたび自分のほうにあずけさせる。

いたわるような仕草に、疲労感がやわらいだ。

(やっぱり本音は読めないけど……)

ひとまず冥都までは甘えさせてもらおうと翠は静かに目を閉じた。

第六章 十王会議の夜

1.

高窓から差し込む夕暮れどきの陽《ひ》の光が、乾いた土の床に鉄格子《ごうし》の長い影をつくっている。桃《もも》は、その影をぼんやりと眺めていた。

鉄格子など、二度と見たくはなかった。だから家を出たのに――。

(なんでまた逆戻りなんだ……)

鬼族の父親は呉服屋を営む名の知れた豪商だった。母親は妾《めかけ》のひとりで獣《けもの》の血が混じっていた。

獣人はツノナシとおなじで身分が低い。男であれば成人後、肉体労働に就く者がほとんどで、たいてい獄《ごく》で鬼族の獄卒《ごくそつ》にこき使われる。女の獣人はさらに地位が低く、容姿が麗《うるわ》しければ妓楼《ぎろう》もしくは好事家《こうずか》に売られるし、並以下であれば薄給の下女になるしか道はない。

桃は幸い、氏《うじ》持ちの家の末子として生まれ、戸籍もあったが、母の立場が低かったために肩身は狭かった。

八つのときに母が病で亡くなってしまうと、扱いはいっそう酷《ひど》くなった。座敷牢《ざしきろう》に閉じ込められるようになったのだ。外に出られるのは三日に一度だけ。幼い獣人は檻《おり》に入れて育てよという古い差別的風習に、父が急に従うようになったからだった。

なぜ獣人の女に子供など産ませたのだと、桃は父を責めた。

けれど移り気で身勝手な男の口からはなにも返ってこなかった。すでに母への情が失せていた父にとって、差別対象である獣人の子などお荷物でしかなかったのだろう。追い出されないだけましだと、正妻が自分を見下ろして冷ややかに告げたのを今でも鮮明に覚えている。

正妻が産んだ三人の姉のうち、ふたりは正妻に似て気位の高い性悪娘だったが、ひとりだけ優しいのがいた。二番目の彩姉《あや》さんだ。

彩姉はときおりこっそり座敷牢の錠《じょう》を外して、外に連れ出してくれた。不憫《ふびん》で見ていられなかったのだろう。桃は無邪気で優しい彩姉のことが大好きだった。

一番の幸福な思い出は、彩姉とひそかに恋仲だった使用人の基史《もとし》と三人で、一緒に夜市に出掛けたことだ。

ふたりは飴《あめ》細工や綿菓子や蛍石《ほたるいし》の耳飾りを買ってくれた。はじめての経験だった。提灯《ちょうちん》の明かりに透かして三人で見た飴細工と耳飾りは、おなじくらいきれいだった。

だがその夏の終わり、彩姉に縁談が舞い込んだ。相手は雷田《らいでん》を多く所有する泰山《たいざん》州の富豪の息子だった。雷田は電力を生み出す施設で、富の象徴である。

ひと回りも年上で、女癖が悪いと噂《うわさ》のどら息子だったので彩姉は結婚を嫌がったが、父はもちろん許さなかった。使用人と情を通じているのを聞きつけると、ただちに相手をつきとめてクビにした。

だが基史と一緒になる夢をどうしてもあきらめられなかった彩姉は、嫁入りの前夜に家を抜け出し、基史と落ち合った。そしてふたりで五官州《ごかん》の業江《ごうこう》（異臭を放つ熱湯の大河）に身を投げてしまった。

本当に死んだかどうかはわからない。でも彩姉は二度と家には戻ってこなかった。

彩姉がいなくなると、自分があの家にいるべき理由はひとつもなくなった。

そのころ、体に変化がおとずれていた。成長とともに変化の能力が開花して、自分の姿を自在に変えられるようになったのだ。父方の先祖にそんな異能を持つ者がいたという。顔を見るのも嫌なほどの父親には何の情も抱いていなかったが、そこにだけはゆいいつ感謝した。

鉄格子越しの狭い視界にうんざりして、何の希望も見いだせなかったから、彩姉が死んだその夏、猫に化けて牢をすり抜け、忌《い》まわしい生家を飛び出した。

それから街で知りあったごろつきに誘われ、獄賊《ごくぞく》の一味に加わることになったのだ。父親とおなじ、金と血統と権力を笠に着て生きている連中を困らせるのは気分がよかった。不遇な扱いを受けねばならなかった母や自分が報われる気がした。

でも同時に、魂《たましい》が少しずつ削られるようなむなしさも覚えていた。

あの翠《すい》という ツノナシの女、大好きだった彩姉にどことなく似たところがある彼女と話した夜。どういうわけか、これらの記憶がすべて蘇《よみがえ》った。

自分がいたのは等活地獄《とうかつじごく》ではなく無間《むけん》地獄だ。なぜそこにいたのかも思い出した。

そしてどうやって閻魔庁《えんまちょう》に潜り込んだのかも、なにもかも——。

古桃《こもも》。それが本当の自分の名前だった。

2.

「角《ツノ》よ。あとは角。おまえに足りないのはこの角だけなの」

「ツノナシが十王に給仕だなんて前代未聞だわ！　二本が嫌なら一本でもいいからつけなさいよ」

女官頭《がしら》たちが獣の牙でできた偽角を持って、口々に言いたてた。

翠は夕刻からはじまる宴《うたげ》のための身支度を終えたところだった。踊り子たちとは違ってあくまで給仕をするだけの脇役にすぎないが、大規模な宴の席となればそれなりに華やかに着飾って臨むらしい。

伊百乃《いほの》に倣《なら》って化粧をしたあと、彼女に髪を結いあげてもらい、そこに那霧《なきり》から貸してもらえた高価そうな花簪《はなかんざし》をつけた。

身に纏《まと》っているのは、八重《やえ》菊結びの房飾りが愛らしい蘇芳《すおう》と鴇《とき》色を基調にした深衣《しんい》で、薄衣の裳裾《もすそ》はやや長く、腰から垂れた数本の飾り帯が動きをたおやかに見せてくれる。給仕係はみな、この衣装だ。あとは眦《まなじり》の縁取りを鮮やかにしたり、髪飾りをほんの少し華やかにしたりして差をつけている。

翠は唇に少しだけ濃いめの紅《べに》をひいた。

そのときふと、昨夜、だれかが与えてくれた氷飴のことを思い出した。天鷟《てんよう》かもしれないと思うと、なぜか頰《ほお》が赤らんで胸がさざめいた。

そこへ、女官頭たちが角をつけろと迫ってきたのだった。

結局、翠を無間地獄に追いやった犯人は不明なままだ。女官頭たちが疑われたが、縫部《ぬいべ》の女官たちと花札をやっていたというアリバイがあったという。

「そりゃあ、それだけ化粧を塗りたくれば、ぱっと見は天人《てんにん》族の娘に見えなくもないわよ？　でも、もしもツノナシだとばれたらどうするつもり？」

女官頭が腰に手をやって居丈高に訊《き》いてくる。

化粧は紅の色を濃くして、頰紅をひとはけ加えたくらいなのだが。

「胸を張って認めるつもりよ。べつに嘘《うそ》をつく必要なんてないし」

ツノナシだからといって、なにも恥じ入ることはない。

すると女官のひとりが、翠の背後にあらわれた人物に気づいて礼をした。

「天鵞様」

ふり返った翠も、あわてて礼をとった。本日、顔を合わせるのは二度目だ。実は朝一番に、ふたりでひそかに初江王《しょこう》の次男のもとへ行った。

「聞いてください、天鵞様。翠ったら、角をつけないと言い張るんですっ」

女官頭が握りしめていた偽角を天鵞に見せて憤《いきどお》る。

「わたくしたちだって意地悪で言っているんじゃないんです。ばれて肩身の狭い思いをするのが見えているから心配してるんですよっ」

意地悪と思いやりは七対三といった印象だが。

「本人がいいというのだから、このままいかせてやれ。どうなろうと本人の責任だ」

天鵞は些末なこととばかりに切り捨てた。実際、ツノナシに酒を注がせるなど前例はなさそうだが、あえて触れないのだろう。

「それより、これを」と天鵞が一通の封書を手渡してきた。

「昼過ぎに届いた天ヶ瀬《あまがせ》からの返事だ」

翠は天鵞から受け取った手紙をひらいてみた。

内容は、村人がみな瑞月の行方を案じていること。それと、入念に聞き込みを続けたが、結局、下天ヶ瀬にツノナシ粛清を計画している事実はなかったという報告だった。漫然と差別する風潮はあるものの、具体的に排除する動きはないらしい。

そして別件で、工房主が王庁に儲《もう》けを過少申告していたのが発覚した。

「こっちの調査でも裏は取れている。次男の件と合わせて初江王に訴えるといい」

天鷲はそう言って翠の花簪に触れ、わずかに向きを整えてくれたのだった。


饗応《きょうおう》の席は、閻魔《えんま》王宮の本殿にある大広間に設けられた。

宮廷料理人が腕をふるって作った色鮮やかな料理が翠たちの手によって次々に運びこまれていく。アクが強かったり精のつきそうな食材を利用した地獄料理が多く、淡白な味を好む翠は正直あまりそそられなかった。

諸王各位はすでに席についていた。

席次はコの字型で、正面の上座には閻魔王と最年長の泰山《たいざん》王のふたりが並び、あとは亡者が審判を受ける順に、左手には秦広《しんこう》王、初江王、宋帝《そうてい》王、五官王が、そして右手には変《へん》成《じょう》王、平等《びょうどう》王、都市《とし》王、五道転輪《ごどうてんりん》王が並んで座していた。

おのおの異なる意匠の判官服を着て独特な覇気《はき》を纏っているので、十人が揃《そろ》うと圧巻だった。

翠がこれまでお目にかかったのは白髭《ひげ》の泰山王くらいだ。それも幼いころに一度、市中で偶然に見かけたのみ。王庁に籠《こも》りがちな判官は、庶民《しょみん》からは程遠い存在である。

噂を耳にしたことがあるのは、幼くしてその座についた五官王と、女だてらに座を譲り受け、みずからの従域を統治しているという平等王、あとは朝から女官たちが騒いでいた美形の宋帝王くらいだ。

五道転輪王は一目でわかった。獄卒が言っていたとおりに覆面だったからだ。見たところ背格好は若そうだが、梵字《ぼんじ》の書かれた布を垂らして面を覆《おお》っている。元の顔を見てみたいが、さすがに勝手に布をめくるわけにはいかないし、女官ら曰《いわ》く、名代かもしれないという。

しかし今夜、話さねばならないのは初江王である。

人でいうと四十代半ばほどで、口元に髭をたくわえた、落ち着いた貫禄のある判官だった。つぶらな目がどことなく次男と似ている気がした。

雅《みやび》な楽の音にあわせて麗《うるわ》しい妓女《ぎじょ》が輪になって舞踊を披露している。流れるような動きは美しく天女の舞に似ているが、いかんせん衣や領巾《ひれ》の色が朱色や茶色や黒なので毒々しい。さながら獄に咲く花のごとく。

翠は初江王の酒杯が空になるのを見計らって、新たな徳利《とっくり》を手に彼の前へと向かった。

酒の注ぎ方や宴席での礼儀作法などは、この日のために伊百乃や女官頭から教わり、身につけてある。

「柘榴《ざくろ》酒はいかがですか?」

にこりとほほえみ、小首など傾《かし》げて話しかけてみる。こうすると相手の気を引けるらしいが、慣れない仕草なのでぎこちなくなっていそうだ。が、

「いただこう」

初江王は快《こころよ》く酒杯を差し出してきた。

隣席では、女官頭がちゃっかりと美形の宋帝王の前を陣取って酒を注いでいた。

たしかに女好きのする甘い顔立ちで、物腰も柔らかそうな男だ。邪淫《じゃいん》に関する罪を裁くというからには、その道にさぞ精通しているのだろう。

「そなた、名は何という?」

初江王がわりと遠慮なく翠の顔に視線を注ぎながら訊いてくる。

「翠と申します」

「見目の麗しい女官だ。どこの出身か聞かせよ」

天人族と思われているようだ。出自が違うだけで、これほどたやすく気に入られるのか。

「天ヶ瀬のはずれの集落から参りました」

隠しだてする必要もないので堂々と答えると、

「天ヶ瀬だと?」

肴《さかな》をつつきかけた初江王が、はたと箸《はし》を動かす手をとめた。隣席の王までがこちらに注目してくる。

「もしや天人族ではなくツノナシか？」

初江王に問われ、「はい」と冷静に頷《うなず》いた。さすがに心拍が上がってきた。

「ほう、ツノナシの娘を宴の席に出すとは……」

隣席の宋帝王が、物珍しそうに会話に割り込んでくる。

初江王は顎《あご》先を撫《な》でながら、

「ツノナシといっても、着飾ってしまえばまったく見劣りはせんな。美形の宋帝王も霞《かす》むほどだ」

新感覚とばかりにしみじみとこちらを眺めながら言う。新しいもの好きというのは事実のようだ。

「たしかに女官にしておくのは惜しいような娘ですが。閻魔王はなにか企《たくら》みでもあるのかな？」

宋帝王は含みのある笑みをはいて上座の天鴦を見やる。

すると女官頭が横で苦笑して言った。

「勘繰りすぎですわ。翠は獄司《ごくし》たちからは山猿娘と笑われております」

事実なので翠は否定しなかった。

初江王が「うむ」とひとつ頷いてから、

「そなたらツノナシのせいで我が息子ははなはだしい被害を被《こうむ》った」

酒杯に口をつけつつ、いくらか恨みがましく言った。すると女官頭が、

「大学寮の襲撃事件のことでございますね。いまだ意識が戻らぬとのことで、おいたわしい限りです。心よりお見舞い申し上げますわ」

機嫌を損ねてはまずいとばかりにかしこまって取り繕《つくろ》う。

翠はここぞとばかりに切り込んだ。

「その事件の解釈には大きな誤りがあります。ご令息は賊に命を狙われたのではなく、ご友人を庇《かば》って負傷されました」

「なぜそのように言い切れる?」

初江王は妙な発言に目をすがめた。

「ご令息ご本人が証言されたからです」

「あやつは目覚めたのか?」

「はい。少し前に意識を取り戻されました」

初江王の次男は色白の細面《ほそおもて》で、悪く言えばやや頼りなさげな印象もある少年だった。まだ十五歳というから、大人になりきっていないせいだろうか。

次男でも座の継承権はあるし、実際、どの血縁者に本地《ほんじ》の力が顕現《けんげん》するのかわからないはずだが、本人の希望で修行には出なかったのだという。

今朝、翠が彼の額に触れてみたとき、妙な幻影が見えた。巨大な球状の対象物に細い鎖

が幾重にも巻きついて、がんじがらめになっていたのだ。鎖の太さは異なるが、桃の記憶を戻そうとしたときも一瞬似たものを見た。

これまで経験がなかったので気づけなかったが、鎖はおそらく術をあらわしている。何者かが次男の意識を意図的に封じていたのだ。

「話を伺《うかが》ったところ、友を庇おうとみずから賊のふるう刃に立ち向かったそうで、お腹《なか》の傷はそこで受けたものでした」

「庇った？　賊が狙ったのではなく？」

「はい。ご本人がおっしゃったのでまちがいありません」

いつのまにか舞踊も終わり、静まり返った宴席に翠の声だけが響いていた。

「この者の発言はまことか、閻魔王。我が息子が意識を取り戻したと……」

初江王が上座の天鴦を見やって問う。

「事実です。さきほどその女官が飲ませた薬湯《やくとう》のおかげで目を覚ました。私も会ったが、顔色もよく腹部の創傷《そうしょう》も快癒《かいゆ》している。ご安心を」

天鴦が念を押すように告げた。実際は翠が廻帰《かいき》の力を使ったのだが。

「そうか、無事に……、それはよかった。さっそくあとで顔を見に行こう。そなたには感謝せねばならんな、翠とやら」

初江王が翠に視線を戻してきたので、

「そもそも具体的な粛清計画は、調査の結果、どこにも存在しませんでした。賊が出した声明は、おそらく世間に漫然と流布《るふ》している噂を利用して賊がでっちあげた偽の口実です」

翠が伝えると、隣の宋帝王が言ってきた。

「では、真の目的はなんなのかな？　いつものごとく冥府《めいふ》への脅しか、もしくは、ほかに意図があるのか」

「そこはまだわかりません」

翠は手にしていた徳利を床に置き、あらたまってきりだした。

「初江王にお願いがあります。村人と天ヶ瀬の土地を守ってください」

「というと？」

唐突な申し出に戸惑い、やや眉をひそめた。

「集落にある織物工房では、工房主が天ヶ瀬上布《じょうふ》の受注を際限なく行うために、みなが過重労働を強《し》いられています」

「工房主が？」

「はい」

翠は、釉麻《ゆま》の乱獲によって水や空気が汚れていること、そのせいで川下の蓮野《はすの》にも影響が出ていることなどを真摯《しんし》に訴え、受注の制限をするよう願い出た。

ここ数年間、世話になった村と、地道に暮らしている村人を助けたい。助けて恩返しをしたい。そんな思いに突き動かされていた。頼みの綱となるはずの瑞月が行方知れずになってしまった今、自分が訴えるしかないのだ。

「たしかな情報なのか？」

初江王は耳を傾けてくれている。景勝地を失いたくないのだろう。

すると天鴦が言及した。

「村人たちは過去にこの件を初江庁に訴えているが、下官によって揉《も》み消されたようだ。工房主が代官とつるんで暴利をむさぼっていることも閻魔庁の調査官がつきとめた。今一度、事態を検《あらた》めなおし、初江王のもとで適切な処理をしていただきたい」

不正は寝耳に水だったようで、初江王は苦い顔で頷いた。

「承知いたした。早急に対応するとしよう」

王が神妙に告げたそのとき、

「急報です！」

官服姿の急使が血相を変えて大広間に飛び込んできた。

ただならぬ気配に、十王をはじめ給仕の女官らなどが、みな一斉に注目した。

「無間地獄で大規模な爆破事件が発生しました！」

「爆破事件だと？」

天鴦が眉をひそめる。

「獄賊の仕業です。爆破の影響で閻魔庁に繋《つな》がっている獄路《ごくろ》が拡張し、まもなく溶岩流が押し寄せるとのことです」

「それはまことか？」

急使の近くにいた王が問う。

「はい。無間地獄の獄府《ごくふ》からの情報なので間違いはありません」

「うちのどこに獄路が繋がっているのだ。そんな報告はここしばらく受けていない」

天鴦が険しい顔で問う。

「位置については、ただいま総力を挙げて調査にあたっております」

（あっ）

翠ははっとした。裏庭で伊百乃が摘んでいた花。あれとよく似た花を無間地獄で見た。

「わたし、王宮の裏庭で、獄の花らしきものが咲いているのを見ました。もしかしたらあの場所がそうなのかも」

「裏庭に？」

一同がふたたび翠を見る。

「そうです。芥子《けし》に似た形の薄紫色の花が咲いているのを見かけたんです。伊百乃も見たよね？」

伊百乃を探して同意を求める。

彼女は平等王の前にいたが、徳利を持ったままひどく青ざめている。事件の知らせに怖《お》気《け》づいているのだろうか。応《こた》えてくれないので、天鴦に向かって続けた。

「昨日、たまたま似たようなのが無間地獄に咲いてて、獄卒が教えてくれたのです。あの花が十州のどこかで咲くことがあったら、それは獄《ご》漏《く》れ《も》が起きている証拠だと――」

「では、至急、王宮の裏庭を探り、見つかり次第、封鎖作業にあたれ。ほかの場所も引き続き獄漏れがないか確かめよ」

天鴦が命じると、急使は「はっ」と短く頷いてただちに退《しりぞ》いた。

「一体どういうことだ、いつもの脅し行為か？」

「獄の溶岩流が押し寄せては、ここも危険なのでは？」

「閻魔庁内部に手引きした者がいるとしか思えぬ」

諸王がざわつく。先日、大学寮が襲撃を受けたばかりである。警備を怠《おこた》り、冥府をないがしろにした閻魔王の不手際とされるのは間違いない。

すると突然、伊百乃が立ち上がり、震える声で告げた。

「獄漏れが起きたのはこのツノナシの女のせいです」

彼女が指さしているのは翠である。

「え？」

「わたしは先日、このツノナシが王宮の裏庭で獄の花をむしっているのをこの目で見ました。獄の瘴気《しょうき》が漏れているのが知られないよう、茎も葉も根も一本残らず抜き取っていたのです」

「伊百乃……?」

花を摘んでいたのは自分ではないか。はなはだしい讒言《ざんげん》に翠は耳を疑った。

「昨日、無間地獄にいたのがなによりの証拠です。連れ去られたように見せかけて、現地にいる獄賊どもと接触するためにみずから事件を装って赴いたのです」

「みずから?」

「はい。このツノナシははじめから冥府を害するつもりで閻魔王に取り入り、閻魔庁に潜り込んできた獄賊の手先なのです」

痛みでも堪《こら》えているような、悲痛な表情で翠を非難する。

「伊百乃……、なにを言うの」

なぜそんなでたらめを言って追いつめようとするのだ。

彼女自身もなにかに追いつめられていて、抱えているものを必死に翠になすりつけようとしている。裏切りとも言うべき豹変《ひょうへん》には愕然《がくぜん》としたが、さすがに黙ってはいられない。

「わたしはなにも知りません。獄賊に知り合いなどいません! 無間地獄にはだれかに睡眠薬を盛られて、意識のない状態で連れていかれたんです」

反論するが、諸王はこちらに警戒した表情を向けている。はじめて光明殿《こうみょうでん》に引っ立てられたときとおなじだ。今しがた、耳を傾けてくれた初江王さえ疑わしげに眉根を寄せている。

これが現実なのだ。ツノナシというだけで立場は圧倒的に不利で、なにか起きればたちまち見限られてしまう。

ところがそこに、甲高い声が割って入った。

「その伊百乃って女は獄賊の共謀者だ」

耳に覚えのある声だ。入り口を見やると桃がいた。ただし一瞬、彼とはわからなかった。

「桃……？」

頭に黒い猫耳が生えているのだ。亡者の影も消え、榛《はしばみ》色の瞳が大広間を明るく照らす無数の灯《ひ》の光を受けて爛々《らんらん》と輝いていた。

「オレの名前は古桃だ。全部思い出した」

「なんだ、この獣人は？」

突然あらわれた場違いな存在に十王のひとりが問う。

「先日、閻魔庁で捕らえた亡者です。獄舎《ごくしゃ》でようすを見ていたが、正体は獣人だったか」

天鴦が腑《ふ》に落ちたようすで返し、

「おまえは何者だ。伊百乃を共謀者とする理由を聞かせよ」

なにか訴えたげに仁王立ちになっている古桃を促《うなが》した。

「オレは見ての通り獣人だ。化ける力も持ってる。家出してからはずっと獄賊とつるんでて、今年の春くらいから上のやつらの命令で、亡者に化けて無間地獄で働かされてたんだ。こいつは賊の仲間が作った偽物の首枷《かせ》だ」

例の亡号《もうごう》が削られた首枷を摑《つか》んで答えた。

「偽物……」

だから翠が廻帰の力を使っても元に戻らなかったのだ、はじめからそこに亡号などなかったから。

「無間地獄ではなにをさせられていたのだ?」

「獄路を広めるための穴掘りだ」

たしかに以前、光明殿でも「鉱山を掘らされていた」と主張していた。

「途中で嫌になって逃げだそうとしたら、変な術をかけられて、言いなりにさせられた」

(だから記憶が濁ってたのね……)

意識を操る類《たぐい》の術は、かかりが悪いと記憶の混濁が起きやすい。

「そんであるとき、だいぶ大きくなった獄路から試しに抜け出してみたら、閻魔王宮の庭で、運悪く獄卒に見つかって捕らえられちまったんだ。牢獄《ろうごく》に入れられた日の夜に、なぜかこの記憶がいきなり全部元に戻ったんだよ」

翠が廻帰の力をほどこしたからだろう。口にしなかっただけで、あのとき古桃はすべて思い出していた。だから一瞬、呆《ほう》けたような顔をしていたのだ。

「おまえが抜け出してきた場所というのは、王宮の裏庭で間違いないか？」

天鴦が確かめる。

「あの女が獄の花をむしってたところだよ」

古桃が伊百乃を指さして言った。

「今回は閻魔庁内部にも協力者がいて、あいつは獄漏れがバレないよう、獄の花を除去する役をまかされてた。ほかにも、大学寮を襲うのを手引きしたやつもいるはず」

一同がざわついた。

「あの事件もおまえの仲間の仕業か」

天鴦の問いに、古桃は「そうだ」と頷いた。おなじ獄賊だったようだ。

「今日のために、内廷の警備を減らすのが目的だったんだ」

「内廷の警備を？　……なるほど、たしかにあの事件以来、外敵侵入に備えて門衛や外廷の警備を強化している状態だ」

天鴦がしてやられたとばかりに言う。一時的とはいえ、閻魔王宮内部は手薄な状態である。そうなるよう仕組まれていたのだ。

「となると、賊が出していたツノナシ粛清云々《うんぬん》の声明は、このツノナシの子が言ったとおり、単なるあとづけの、目くらましの声明だったわけかな？」

宋帝王が翠をちらと見てから言う。

「オレは下っ端だからよく知らないけど、乱闘騒ぎの最中に重傷を負ったのがたまたま初江王の息子だったから、初江州にある噂を拾って襲撃の理由にしたんだと思う」

古桃は答えた。

獄賊の真の目的は、今夜、警備が手薄になった閻魔王宮を獄に繋げ、混乱させることにあったのだ。

そこへ冥官《みょうかん》があらわれ、跪《ひざまず》いて矢継ぎ早に告げた。

「閻魔王に申し上げます。工部《こうぶ》の配下の者が閻魔王宮の裏庭にて獄漏れを確認しました」

「状況は？」

「すでに溶岩流が溢《あふ》れ出しています。現在、獄卒らに止めさせていますが、このまま勢いを増すようであれば収拾がつかなくなる可能性も——」

冥官はひどく青ざめて見える。大惨事《さんじ》に至る前に、独断で一報を入れに来たのだろう。

「わかった。現場に向かう」

天鶩が立ち上がると、

「我々も助太刀《すけだち》いたそうか？」

隣席の泰山王が気遣って伺いをたてる。

「いや、我が庁の不始末は我が庁で収める。諸王はこちらで引き続き酒食を楽しみながら待機していただきたい」

天鷲は冷静に告げて軽く礼をとると、宴席を辞す。

楽の音もとうに止み、空気はぴんと張りつめていた。

「昨今の獄賊どもの蛮行《ばんこう》は目に余るな」

天鷲を見送りながら王のひとりが言うと、ほかの王たちもこぞって口をひらいた。

「十王会議の日を狙っての狼藉《ろうぜき》だ。我々に向けた見世物のつもりなのだろう。なかなか楽しませてくれる」

「閻魔王の手並みを拝見するよい機会ではあるな」

「見せしめでもあるのでしょう。タカを括《くく》っていると、ご自分もじきに足を掬《すく》われますよ」

諸王の受け止め方はそれぞれである。

十王会議の夜に閻魔庁をこんな事態に陥《おとしい》れるとは、閻魔王の不手際をあえて見せつけるようなもの。内部に手引きした者がいるとなると、奪衣婆《だつえば》の希子《きこ》が言っていたとおり、閻魔王を失脚させたい者が背後で糸をひいているのかもしれない。

胸騒ぎをおぼえた翠は、給仕する料理を取りに戻る態で席を立ち、ひそかに天鷲を追った。

「オレも行く」

すぐに古桃が後を追ってきた。

「ごめん……。記憶が戻ったとき、オレがすぐに話してればこんなことにはならなかったのに」

　やりきれない表情でつぶやく。

「桃……」

「ずっと迷ってたんだ、獄路貫通のこと、閻魔様に告げなきゃって……」

　小走りのまま、下唇を噛《か》んでうなだれる。

「でもそしたらオレは賊だから捕まって打ち首になるだろ？　それが怖くて……、でもぎりぎりまで迷って、やっと告げようって腹を決めて、獣に化けて格子をすり抜けてここに来たんだ。けど、やっぱ捕まるのが怖くてさ……」

　しかし翠が犯人扱いされるのを見て、腹を括って証言したのだという。このままでは後悔するからと――。

　たしかに獄賊は捕縛され、収監される運命にあるから、ためらうのもわからないでもない。

「いいのよ、桃のおかげでわたしの疑いが晴れたんだから。話してくれてありがとう」

　なかなか覚悟のいる行為だっただろうと思う。翠は足を止め、伏せってしまったふさふさの獣耳を撫でながらほほえんでみせた。

　しかし喜んでもいられない。

天奮を追って王宮の本殿の裏庭にたどり着いたふたりは、現場を見て息を呑《の》んだ。

無間地獄で噴出したと思われる灼熱《しゃくねつ》の溶岩がかなり溢れ出ていたのだ。

3.

「賊どもが無間地獄で岩山の横っ腹に爆薬を仕掛けまして、大破したところからこいつが大量に噴出しておるようです」

先に到着していた天奮に向かって、現場の責任者とおぼしき工部の冥官が、深刻な表情で天奮に告げていた。

夜の闇《やみ》に、赤と橙《だいだい》の入り混じった禍々《まがまが》しい色が際立って見える。

火山ガスと、獄の瘴気の入り混じった独特の匂いが鼻をつく。翠はじきに咳《せ》き込んでしまい、あわてて手巾で口元を覆った。

獄路は裏庭の中ほどにある古井戸の底で繋がったようだ。

獄の花はたしかにあの周りに咲きこぼれていて、伊百乃がそれを摘み取っていた。彼女の裏切りを思うと胸が重くなるが、今はそこを嘆いている場合ではない。

広い裏庭だが、古井戸を中心にすでに三割ほどが溶岩に侵されていた。高温に耐えうる強靭《きょうじん》な肉体を持つ獄卒たちが必死に食い止め作業にあたっている。

「完全封鎖にはまだまだ時間を要すると思われますが、こちらも職人の手が足りません！」

冥官は焦りを隠せないようすだ。

広がりゆくマグマの先端を、水由来の霊力が使える獄卒たちが、片っ端から冷却して溶岩流を押しとどめている。しかしせっかく溶岩を地殻《ちかく》に変えても、さらにあらたな溶岩が流れてきて塗り替えられてしまうのだ。

獄漏れを封じるのは、獄で現場の補修や改修工事を担《にな》っている特殊な獄卒で、頭数が限られている。今回は溶岩が邪魔してくるので即時封鎖は難しいという。

ドロついた橙色の溶岩流が、夜の闇に沈んだ裏庭の地面を舐《な》めるように這《は》い、まるで生き物のように手を伸ばして四方八方に拡大を続けている。

火柱が立ったのはその直後だった。

マグマの噴出だ。業火《ごうか》とともに、間歇泉《かんけつせん》のごとく猛烈な勢いで噴きあがったマグマが、おびただしく地表に降り注ぐ。

「危険だ、退却しろ」

天鴦に命じられ、周辺で作業していた獄卒たちがただちに退《しりぞ》いた。さすがに摂氏《せっし》一二〇〇度を超える高温に耐えられる鬼は少ない。

天鴦が梵語《ぼんご》でなにごとか唱えて瞬時に巨大な結界を張った。

封じ込められたマグマは行先を失って結界内部で激しくのたうつ。

「中で止まった……」

居合わせた者たちもみな、束の間、息をついた。ひとまず溶岩流による被害は免《まぬが》れた。

「不吉な眺めだな」

「巨大な炎の化け物みたいですね」

「獄漏れは危険なんだ。発生頻度《ひんど》が増えると壊劫《えこう》が近づくと言われている」

「えこう……？」

「周期的に起こる世界の破滅だ。火、水、風の三災によって、六道《ろくどう》はおろか三千大千世界《さんぜんだいせんせかい》のすべてが滅尽《めつじん》する。地獄道の崩壊からはじまると言われているから、あの手の炎は全世界を焼き尽くす劫火《ごうか》の火種というわけさ」

だから獄漏れがあると、すぐに冥府が動くのだ。

結界の内側には膨大な圧がかかっている。気を抜いたら今にも結界壁を突き破ってマグマが溢れ出てきそうだ。無間地獄での封鎖工事が終わるまでこの状態を維持せねばならないとなると――。

翠は、腕組みして結界内の猛火を見ている天鴦を仰いだ。

「天鴦様、大丈夫ですか？」

結界は張って終わりではない。力を注いで維持せねばならない。

「ああ」

炎を見つめたまま、淡々と答える。

「嘘。いっつもそういう涼しい顔して隠して……」

閻魔王の苦行にだって、黙って耐えてばかりではないか。

「生まれつきこういう顔なんだけどな？」

適当に流そうとする。

「だめです。つらいときはつらいって、声に出して言ってください。そしたらだれかが助けてくれるかもしれないわ」

ツノナシの自分は無視されることのほうが多かったけれど、それでも稀《まれ》に応えてくれる人がいた。だからここまで生きてこられた。

「他人に借りを作るのは嫌なんだ」

「………」

こういうのは自分に厳しい人特有の頑固さだ。

「みなが見返りを求めて手を差し伸べるわけじゃないです。少なくともわたしは――」

これ以上、無理をしてほしくない。あんなにも負荷をかけられた体で。

もしかして天鴦は、自分を利用するつもりでいるのかもしれない。でも、これまでいろいろ力になってもらっているし、あの実態を幻視してしまったら、もう放っておくことなんでできない。利用してくれればいいとさえ思う。

今は言葉にして説得する余裕もないので、「もういいです」と言った。

そして屈み込み、地面に掌《てのひら》を押しあてた。

短い草に覆われた地面はいくらか熱をもっていて、地底から怒っているような轟《とどろ》きが伝わってくる。

「なにをするつもりだ？」

半ば察したらしい天鴦が硬い声で問う。

「廻帰の力を使ってみる」

「元に戻すということか？」

翠は炎を睨《にら》み据えながら「うん」と頷く。獄路を閉ざし、無間地獄の溶岩流を止めるところまで戻したい。

「できるのか。そんなこと……」

「できます」

対象物の規模が大きいだけで、元あった状態に戻すという原理はおなじだ。やるしかない。でなければ天鴦が消耗《しょうもう》して、王宮ごと火の海に変わってしまう。獄賊や、彼らと手を組んでいるだれかの思うつぼだ。

「いいのか？　今夜の顚末《てんまつ》はすべて、十王をはじめ閻魔庁の冥官たち、それに獄賊の知るところとなる。結家《むすび》の力が公《おおやけ》になってしまうぞ？」

天鶩が険しい顔で訊いてくる。覚悟を問われているのだろう。

「かまいません」

きっぱりと返した。

「母は隠すことでわたしたちを守ろうとした。でもだめだった。結局、いつもだれかに追われて、日常を奪われてきたの。それならもう、わたしは逃げも隠れもしないで生きていこうと思う」

そうすれば結家がなんなのかがわかって、いつか氏《うじ》を取り戻すことだってできるかもしれない。

「後悔はないか？」

ふたたび問われる。それほどまでに慎重にならねばならない選択だからか――。

でも決めたのだ。大丈夫。もう、どうなる覚悟もできている。

「後悔はない」

大地に押し当てた掌に、ほとんど意識を向かわせながら答える。

――原点廻帰。

実際に力がどこまで及ぶかはわからないまま、ひとまず念じた。せめて、繋がってしまった獄路だけでも塞ぎたい。

（ああ、ものすごい力……）

抵抗がすさまじくて鳥肌が立った。噴出するマグマと天鴦の結界とが、逆行しようとする廻帰の力を阻んで同時に襲いかかってくるのだ。爆風が起きて、熱に頰を煽《あお》られる。

「天鴦様は結界を解いてくださいっ」

さもなくば、原点に戻すのに膨大な力を費やさねばならなくなる。

「わかった」

結界が解かれると、一瞬、押しとどめられていたマグマの圧が一挙に翠にのしかかってきた。

「……っ」

翠は唸《うな》った。天鴦が、どれほどの力を注ぎ込んで封じ込めていたのかがわかる。これを長時間維持するのは不可能に近い。

「もとに戻りはじめた……」

事態を見守っていた獄卒らもどよめいた。

たしかに、火柱の規模が徐々に小さくなっていく。噴き出すはずのマグマが井戸の中に引き戻りはじめているからだ。

ところがほどなく力は拮抗《きっこう》し、膠着《こうちゃく》状態に陥った。溢れ出ようとするマグマと、それを戻そうとする廻帰の力のせめぎあいだ。マグマは生き物のごとくうねり、熾烈《しれつ》なまでの火焔《かえん》をあげて迫ってくる。これが亡者の皮を穿《うが》ち、肉に入り、骨を焦《こ》がす地獄の業火なのだ。

（わたしの力じゃ無理なの……？）

不安がよぎり、それが負荷となって廻帰の力を揺らがせる。そういえば朝、初江王の次男に力を使ったばかりだ。加えて獄の瘴気とマグマの噴気にあてられて弱っている。だんだんめまいがしてくる。

「まずいな……」

翠の消耗が進むのに気づいて天鶩がつぶやく。

案の定、ふたたびマグマのほうが優勢になって火柱が幅と高度を増して膨張しはじめる。

「ひとまず封じるか」

天鶩が暴れだしたマグマの化け物を封じ込めようと、もう一度結界を張り直そうとした、そのとき。

大気が張りつめ、鼓膜を震わせる強い振動があってから、それは起きた。

火柱の動きが逆巻きだしたのだ。

「なに……？」

翠の力だけではない。自分はたしかに力尽きかけていて、とてもひとりでは背負いきれない状態だ。にもかかわらず、猛《たけ》りくるっていた火炎の奔流《ほんりゅう》がみるみる井戸の穴の底に引き戻っていくのだ。

（まさか……）

あるひとつの可能性が脳裏をかすめた。

「なんだ？　なにが起きてるんだ」

瘴気も火の粉も火焔も熱風も。

すべてが巻き戻る異様な眺めに、そこに居合わせた者たちも目を疑った。

そして翠の力が完全に潰《つい》えるころには、大気を轟かせてすべてが井戸の底に吸い込まれてなくなっていた。

ものの見事に。全部が夢幻《ゆめまぼろし》だったかのようにあとかたもなく。

瘴気の残滓《ざんし》さえも微塵《みじん》もない。夜の静寂がそこに戻ってきれいに終息したのだ。

「引っ込んじまった……」

水をうったように静まり返った裏庭で、獄卒がつぶやき、ひとり叢《くさむら》をふみわけて井戸に近づく。

おそるおそる中を覗いても、なにひとつ出てくる気配はない。

「終わったのか……？」

天奮が暗がりに目を凝《こ》らす。

「終わった……」

かすれた声で告げると、翠は脱力してその場にへたり込んだ。きっと無間地獄のほうも全部が元に戻り、噴出も爆破もなかったことになっているのだろう。

「翠っ」

耳元で古桃の声がした。

ほっとすると、急にめまいをおぼえてそのまま崩れかけたが、

「大丈夫か」

天鳶が小脇を支え、抱きあげてくれた。

彼の腕に身をあずけると、澄み渡った夜空が見えた。禍々しい地獄の業火に比べたら、星々の輝きはあまりにもささやかだった。

翠は目を閉じた。

「わたし……、わかった……」

薄ぼんやりした意識の中で思い出した。昔、まだ母の病が廻帰の力で治せていたころ、ふたりで力を使ったときの感覚を。ひとりでするよりもずっと早く、たやすく母は元気になった。この感じは間違いない――。

「瑞月……」

おなじ廻帰の血を宿した双子の弟が、どこかで同時に力を使ったのだ。

終章

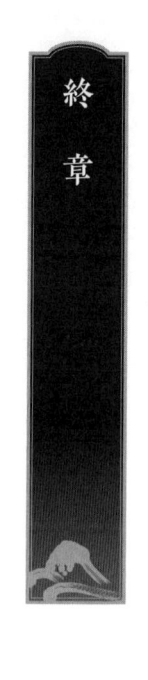

翌朝。

翠《すい》は閻魔《えんま》王宮の診療処で目覚めた。

昨夜、天鶩《てんよう》の腕の中で意識を失ったきり、朝まで眠り続けていたらしい。

ほどなく世話をしてくれる女官があらわれて、朝餉《あさげ》を用意していった。

体調はよく、空腹感もあったのできれいにたいらげた。

台盤所《だいばんどころ》に戻って仕事をしていると、意識が戻ったのを聞きつけて天鶩がやってきた。渡したいものがあるとかで、開廷前に少し時間をつくったという。

昼餉の仕込み作業を手伝っていた翠は手をとめ、彼に導かれて中庭に出た。

「本当にもう働いて大丈夫なのか？」

庭園内の湖のほとりで、顔色を見ながらたずねられる。一日休めと言われていた。

「うん。よく寝たから問題ないみたい」

笑って答えると、天鶩は「ゆうべはご苦労だった」とねぎらってくれた。

伊百乃《いほの》の自白から、獄賊《ごくぞく》と手を組んでいたという冥府《めいふ》高官の存在が判明した。だが、その高官は獄房《ごくぼう》で自害したそうだ。

彼はトカゲのしっぽにすぎず、冥府転覆を狙う真の首謀者が別にいるだろうと天鶩は言った。奪衣婆《だつえば》の見立て通りである。

身柄を拘束《こうそく》された伊百乃から、陳謝の手紙が届いていた。弟の出世を約束されて、やむ

のだという。

なく高官に協力していた。獄花《ごくか》を摘み取ることだけを命じられ、それが翠を陥《おとしい》れる羽目になるとは聞かされていなかった。事情を知ったときは、もはや引くに引けない状況だったのだという。


翠を責めたときの悲痛な表情からすると、相当な葛藤《かっとう》があったはずだ。

申し訳なかったと紙面で何度も詫《わ》びているが、直接、謝罪を希望してくることはなかった。合わせる顔がないのだろう。

初江王《しょこう》からは、後日、翠宛《あ》てに正式に礼状と品が届くそうだ。次男を昏睡《こんすい》から救ったことにいたく感謝しているという。


「おまえのおかげで俺も初江王の歓心を得られたよ」

と、天鴦からも感謝された。

初江王は今後、天ヶ瀬《あまがせ》の織物工房を調査し、釉麻《ゆま》の管理を積極的に行っていくとのことだ。翠はさっそくその旨《むね》を村の姐《ねえ》さんに伝えようと思った。

「女官頭《がしら》がおまえに頼みたいことがあるそうだ」

天鴦が、さきほどから厨《くりや》の出入り口のところで待機している女官頭を見やって言う。

こちらの話は聞こえていないが、翠と目が合うと察したらしく、足早にやってきて天鴦に礼をとった。

「なに？　頼みたいことって」

翠が見当もつかないまま問うと、

「鷺《さぎ》豆茶のことなんだけど……」

女官頭はめずらしくへりくだった態度でもじもじときりだす。

「あれがどうかした？」

「あなたの村でたくさん採れるんでしょ。仕入れ先を紹介してくれない？」

「なんでまた？」

「あの薬湯《やくとう》のおかげで持病がよくなったの。だからおなじ病気で苦しんでる人にわけてあげられたらなと思って。うちの実家は薬種問屋だから、ぜひ取り扱いたいわ」

そういえば以前、薬屋らしいことは言っていた。女官頭がお金に困っているふうには見受けられない。純粋に病で苦しむ同朋《どうほう》に広めてあげたいのだろう。

「あなた、いいとこあったのね」

ただのいじわる女官だと思っていたが。

「んまあ失礼ね、苛《いじ》めたのは悪かったと思ってるわよ。でもわたくしたちだって、あんたたちツノナシのことは怖いんだから」

「怖いの？」

「そうよ。あんたたちはわたくしたちを恨んでるでしょう？　獄賊がいい例じゃない。嫌がらせするためにあちこちを荒らしまわって」

「わたしはべつに恨んでなんかないけど」

中には妬《ねた》み、恨んでいる者もいるだろうとは思う。

「わたくしのお母様は、わたくしが八つのとき、見ず知らずのツノナシに石を投げられて失明したの。薬代がなくて母親を亡くした子が、逆恨みして投げてきたのよ。目の前でそんなことがあって、ずっと忘れられなくて……。だから、ツノナシというだけでどうしても警戒してしまうのよ」

わかってよとばかりに訴えられ、翠は口をつぐんだ。

ツノナシは畏怖《いふ》の対象であり、彼女も必死に自分を守っていたということだ。それが嫌がらせ行為になってしまった点はいただけないが、こうして謝っているのだから根に持っても仕方ない。

「わたしも余裕なくて、自分のことばかりだったと思う。ごめん」

翠も潔《いさぎよ》く頭を下げた。どうせわかりあえないと、偏見を持っていたのはこちらもおなじだったかもしれない。

「でも、恨んでる人ばかりじゃないから安心して。少なくともわたしは違うわ」

「わかってるわよ。もう苛めたりしないわ。伊百乃からも頼まれてるしね」

「そうなの……？」

丁寧につづられた彼女からの手紙の文面が脳裏に蘇《よみがえ》った。

裏切りは許しがたいが、弟を思う気持ちは理解できないわけではない。それに下層民の翠に優しく接してくれたのは事実であり、真心だった。もっと違った状況で出会えていたらと残念に思う。

「ちょっと、しけた顔しないでよ。とりあえず、お詫びもかねて鷺豆で村起こしをしてあげるから元気出しなさい」

照れ隠しのつもりか、女官頭はことさらに高慢に言った。

ふんぞり返る姿がはじめのころのようにさまになっていなくて、翠は噴き出した。

つられて女官頭も笑い出す。

きつく絡まっていた糸の結び目が、思いがけずほどけたときのような、清々《すがすが》しい心地だった。天藿が言っていたのはこういうことだろうか。ひとりずつでも偏見を正していけば、いつかは流れが変わってくると——。

「それからもうひとつ、ほら、こっちに来なさい」

女官頭が、自分のいた厨の出入り口のほうを見て手招きした。

見るとそこに、なんともかわいらしい猫耳の獣人がいた。古桃《こもも》である。紅白の縄をうしろで蝶結びに襷《たすき》がけした見習い下女風情《ふぜい》である。

「桃？」

だが、なぜ髪までおろして女の子の格好なのだろう。そわそわとこちらを見ていた彼は、翠のもとに駆けてきて嬉《うれ》しそうに飛びついてきた。

「オレ……、じゃなくてあたしも、今日からここで働かせてもらえることになったよ」

「えっ、あたし？　桃は男の子じゃなかったの？」

翠は戸惑いながら古桃の顔を覗《のぞ》き込む。

「女だっ」

古桃が頰《ほお》をふくらませた。

「俺ははじめからわかってたけどな？」と天鴦。

「わたくしもわかってたわよ？　賊にいたから粗野に育ったのよ。言葉遣いの指導をはじめたところなの」

と女官頭も言う。

「そうだったの？」

気づかなかったのは翠だけか。

「古桃はれっきとした氏《うじ》持ちで、化ける力も持っているのでうちで雇うことにしたんだ」

天鴦が、猫耳の生えた小柄な古桃の頭をひと撫《な》でして言った。

本来なら獄賊として拘禁《こうきん》刑に処されるところだが、実家の呉服屋から千両が積まれたので免罪されたという。獣人のために不遇な扱いを受けて育ったそうだが、親にはそれなりの情があったようだ。

「どうなるのかと心配だったの。でもよかった。一緒にいられるなら嬉しい。これからもよろしくね、桃っ」

翠はほほえんで古桃の体を抱きしめ返した。頬に触れた猫耳が嬉しそうにぴくぴくと動いてくすぐったかった。が、女官頭が、

「さあ、おまえにはさっそく仕事をおぼえてもらうわよ、古桃」

笑いながら、翠から無理やり引きはがそうとする。

「いやだ、もう少しだけ待ってくれっ」

古桃は抵抗して翠にしがみつこうとするが、「さっさと来なさい」と引き離され、ずるずると厨のほうに連れていかれる。

そろそろ自分も戻らねばと思いつつ、ほほえましく見守っていると、

「冥府の者たちの態度も、徐々に変わっていくのだろうな」

おなじようにふたりを眺めていた天鳶が、淡々と言った。

決して楽観的な口調ではないのがひっかかった。

昨夜の惨事《さんじ》が翠の廻帰《かいき》の力によって鎮められた事実は、当然ながら十王をはじめ、冥府中に知れ渡っているという。あれだけ大々的に使ったのだから無理もない。

「わたしはツノナシを蔑《さげす》む人が減るのを期待しています。でも――」

翠は、瑞月《みづき》が共に廻帰の力を使ってくれたのだと天鳶にうちあけた。彼が加勢してくれ

たから、すべてが元通りになったのだと。

　すると天鶱は言った。

「瑞月はまだ生きているんだな？」

「そうよ」

　頷《うなず》いてから、まるで死が前提であるような物言いに違和感をおぼえて問い直す。

「なぜそんな言い方を？　母も昔から、瑞月はあまり長く生きられる体ではないと言っていたの」

「少し前に結《むすび》家について調べたんだが、みな短命なんだ。人で言えば男は長くて二十歳《はたち》まで。女でもよく生きて二十代半ばまでらしい。古い戸籍を見る限り、その通りだった。異能を持つ血筋にたまに見られる傾向ではあるんだけどな」

「二十歳……ほんとに短命ね」

　具体的な年齢まで聞かされてひやりとした。

「ただし女は、子を産めば人並みに生きることができる」

「子を産めば……？」

「ああ。廻帰の力を子に渡し、ただの女になって生き永らえるということなんだろう」

　だから母も昔は廻帰の力が使えたのだ。選択肢《し》があるぶん女はましである。

「母が瑞月を心配していたのは、廻帰の血脈のせいで短命に終わるから……」

知らなかった。二十歳が寿命の限界だとすれば残された時間は少ない。なにも知らずに無為に過ごしていた日々が悔やまれるほどだ。

「廻帰の力は、元をたどると獄《ごく》で使われていたようだ。傷《いた》んだら回復させ、ふたたび責め苦を与える、それをくりかえすための能力だ。なんらかの不具合で復活できない亡者のために施されていた。おまえの曾《そう》祖母、十姫《とき》は、その異能がすさまじく強く宿った佳人《かじん》で、閻魔王の監視のもと、当時、男しか登用されない冥府に入ってよく尽くしたので〈冥府の花嫁〉という通り名で慕われていた」

「〈冥府の花嫁〉?」

「廻帰の力が失われないよう、だれとも結婚せず、冥府に仕えたからさ」

「なるほど、冥府と結婚したようなものだもんね」

「しかし、なにかがあって戸籍を剝奪され、角《ツノ》を折られて処刑された」

「処刑……?」

不穏な響きに眉をひそめる。

「なにがあったの……?」

「わからない。委細は記録が破り捨てられて不明なんだ。地獄の沙汰も嫁次第——そう囁《ささや》かれたほどだから、相当な影響力を持っていたはずだよ。……だが、なにかが起きた」

「でもわたしたちがいるということは……」

「そう。十姫はひそかに生き延びて子を産んだんだ」

天鴦は凪《な》いだ湖面に視線を移して続けた。

「廻帰の力は危険だ。ある事象がなかったことにできる。相手の意識に干渉し、意見を覆《くつがえ》すのさえ可能だ。昔から、悪用しようと近づく者が後を絶たなかったらしい。もちろんこの今も——」

「だからわたしたちは逃げて暮らしていた……」

ずっとそんな気がしていた。結家のせいで追われているのだと。冥府に捕らえられた獄賊が、死に際に結家の名を口にしたのがいい例だ。翠たちの知らないところで、今も結家の存在は息づいている。

天鴦はひとつ頷いて、

「おまえの父親代わりだった鵠《くぐい》はおそらく、代々、結家に仕えた一族の出身だ。表向きには断絶した結家を、陰でずっと支え続けていたんだ。母親が幼少期に冥都に住んでいたのは、鵠の家に隠遁《いんとん》していたからだろう」

それでも目をつけて集《たか》る輩《やから》がいたから、やむなく各地を転々とするはめになった。やがて母はどこかで父と出会い、翠たちを産んで廻帰の力を失った。そして鵠とともに翠たちを守り育てたのだ。

あくまで憶測にすぎないが、そんなところだろうと、天鴦はあえて感情を排した声で言った。

母は翠たちに、できるだけ、なにも知らないままおだやかに生きてほしかったのだろう。だから最低限しか話さなかった。知らなければ関わらずに済むと。

だが、そうもいかないようだ。

「瑞月も、この事情をどこかで知ったのかもしれない……」

それで、なにか思うことがあって行方をくらましたのかも。

瑞月は必ずまだ生きている。

昨夜、たしかにこの閻魔庁《えんまちょう》のどこかにいて力を使った。翠を助けてくれた。

会いたい。失踪《しっそう》の理由なんてもうどうでもいいから、ただ会って、元気な顔を見せてほしい。もう十八歳。いつ儚《はかな》くなるかもわからないのだとしたら、なおさら——。

「わたしを、このまま閻魔庁にいさせてください」

翠は天鴦を仰いで続けた。

「瑞月は生きている。冥都《めいと》のどこかにいる。もしかしたらこの王庁内にいるのかもしれない。絶対に探し出したいです。だから瑞月が見つかるまでここにいさせてください。わたしができることなら、なんでもするわ。昨日みたいに、廻帰の力を使ってもいい。きっと役に立てると思う」

天鴦は、ふっと笑った。

「〈冥府の花嫁〉になるのか？」

「なれと言うのならなります」

「頼もしい発言だな」

まぶしそうに翠を見て言ったものの、

「だが、十姫のように処刑されるようなことになっても困る。しばらくはおとなしくしてくれ」

それは翠の身を案じてくれているのか。

それとも自分のいいように利用したいからなのか――。あいかわらず本音はつかめないけれど、ここにいるのが許されたのはたしかだ。

「わかりました」

翠は手を合わせて感謝の意を伝えた。

「そういえば、まだ嫌がらせおにぎりを食べてないな。届くのを楽しみに待っていたのに」

思い出したように彼が言った。

「あ、忙しくて忘れてました」

天ヶ瀬で約束したのだった。再会できたら作ってあげると。

「……でも、なんだか申し訳なくて作れません。あれは悪いことをしたときのお仕置き用だから」

「そうか。なら、明日から悪い男になろうか?」

うっすらと危うい笑みを浮かべて言う。

「天鶩様には無理だと思います」

発熱した翠を、地獄《じごく》の底まで迎えに来てくれるような男《ひと》なのだから。

思えばずいぶんと光栄な出来事だった。代わりの者を寄越せばいいのに、あんな刻《じかん》にわざわざ来てくれたりして。たとえ自分を利用するつもりでいるのだとしても、閻魔王がみずから足を運んでくれたのにかわりはない。

「どうかな。期待しててくれよ。それよりこれを――」

「なに?」

天鶩が懐《ふところ》から袱紗《ふくさ》に包まれたなにかを取り出し、翠に差し出した。

袱紗をひらくと、白玉で茉莉花《まつりか》をかたどった銀の簪《かんざし》が出てきた。極小の水晶や真珠の粒をあしらったささやかな垂れ飾りもついていて、清楚《せいそ》で美しい。

「きれい……」

思わず見惚《みと》れていると、天鶩が一歩、詰め寄ってそれを手にした。

「今回のお礼だ。はじめての夜によく似合っていたから」

言いながら、翠の髪の結われたところにすっと挿し込んでくれる。

「あ」

渡したいものとは、この簪だったのだ。

「これなら枯れなくていいだろう?」

天鵞の寝所に閉じ込められたとき、翠の髪にはたしかに茉莉花の生花が飾られていた。

「ありがとうございます」

翠は顔をほころばせ、屈んで湖面に映った自分を覗いてみた。

少し首をひねると、結った髪のもとに白玉の茉莉花が見えた。手で触れてみれば、さらりと垂れ飾りが揺れる。

小さなころからずっと憧れていた本物の簪だ。鵠にもらった飴《あめ》細工を髪飾りにしたとき、いつか本物の簪をだれかから贈られてみたいと思っていた。

「…………」

天鵞はじっとこちらを見ている。水面に映る翠ではなく、翠自身を。

そのことに気づくと、にわかに、胸がさざめきだした。見つめられると、鼓動が速くなって落ち着かなくなる。最近、どうもそんな自覚がある。

「そろそろ開廷の刻《じかん》だ。戻るよ」

彼が踵《きびす》を返し、殿閣《でんかく》の出入り口のほうへ向かいだした。

そうだ。閻魔の廷では、今日も亡者が列をなして待っている。

「はい」

翠も立ちあがり、あとを追った。
あの夜、床にこぼれた茉莉花の甘い香りが、なぜか脳裏に鮮烈に蘇った。

参考文献

『地獄の本』（洋泉社）
『現代語　地獄めぐり『正法念処経』の小地獄128案内』山本健治（三五館）
『地獄の歩き方』田村正彦／小野崎理香／水野ぷりん（金の星社）
『地獄めぐり』加須屋誠（講談社）
『図説　地獄絵の世界』小栗栖健治（河出書房新社）

※この作品はフィクションです。実在の人物・団体・事件などにはいっさい関係ありません。

集英社オレンジ文庫をお買い上げいただき、ありがとうございます。
ご意見・ご感想をお待ちしております。

● あて先
〒101-8050　東京都千代田区一ツ橋2-5-10
集英社オレンジ文庫編集部 気付
高山ちあき先生

冥府の花嫁

地獄の沙汰も嫁次第

集英社
オレンジ文庫

2023年7月25日　第1刷発行

著　者　高山ちあき
発行者　今井孝昭
発行所　株式会社集英社
〒101-8050東京都千代田区一ツ橋2-5-10
電話【編集部】03-3230-6352
【読者係】03-3230-6080
【販売部】03-3230-6393（書店専用）
印刷所　図書印刷株式会社

造本には十分注意しておりますが、印刷・製本など製造上の不備がありましたら、お手数ですが小社「読者係」までご連絡ください。古書店、フリマアプリ、オークションサイト等で入手されたものは対応いたしかねますのでご了承ください。なお、本書の一部あるいは全部を無断で複写・複製することは、法律で認められた場合を除き、著作権の侵害となります。また、業者など、読者本人以外による本書のデジタル化は、いかなる場合でも一切認められませんのでご注意ください。

©CHIAKI TAKAYAMA 2023　Printed in Japan
ISBN 978-4-08-680512-4 C0193

集英社オレンジ文庫

高山ちあき

藤丸物産のごはん話

恋する天丼

食品専門商社の社員食堂で働く杏子は、名前しか知らない
「運命の人」である社員をずっと探していて…。

藤丸物産のごはん話 2

麗しのロコモコ

社員食堂宛てに一件のクレームが届いた。杏子が口にした
あるひと言で、パートさんとの関係が気まずくなり…!?

好評発売中

【電子書籍版も配信中　詳しくはこちら→http://ebooks.shueisha.co.jp/orange/】

集英社オレンジ文庫

高山ちあき

異世界温泉郷
あやかし湯屋の嫁御寮

ひとり温泉旅行を満喫していたはずの凜子は、気がつくと不思議な温泉街で狗神の花嫁に!?　離縁に必要な手切れ金を稼ぐため、下働き始めます!!

異世界温泉郷
あやかし湯屋の誘拐事件

箱根にいたはずが、またも温泉郷に!?　婚姻継続していると聞かされ、温泉郷に迷い込んだ人間の少年と一緒に元の世界に戻ろうと思案するが…？

異世界温泉郷
あやかし湯屋の恋ごよみ

元の世界に戻る意味やこの世界の居心地の良さ、夫への恋心に思い巡らせる凜子。そんな中、亡き恋人の子を妊娠した記憶喪失の女性を預かって!?

好評発売中
【電子書籍版も配信中　詳しくはこちら→http://ebooks.shueisha.co.jp/orange/】

集英社オレンジ文庫

高山ちあき

家政婦ですがなにか?

蔵元・和泉家のお手伝い日誌

母の遺言で蔵元の和泉家で働くことに
なったみやび。父を知らないみやびは、
その素性を知る手がかりが和泉家に
あると睨んでいる。そんなみやびを
クセモノばかりの四兄弟が待ち受ける!?

好評発売中

【電子書籍版も配信中　詳しくはこちら→http://ebooks.shueisha.co.jp/orange/】

集英社オレンジ文庫

高山ちあき

かぐら文具店の不可思議な日常

ある事情から、近所の文具店を訪れた
璃子。青年・遥人が働くこの店には、
管狐、天井嘗め、猫娘といった
奇妙な生き物が棲んでいて――!?

好評発売中

【電子書籍版も配信中　詳しくはこちら→http://ebooks.shueisha.co.jp/orange/】

コバルト文庫　オレンジ文庫

「ノベル大賞」

募集中！

主催　(株)集英社／公益財団法人　一ツ橋文芸教育振興会

小説の書き手を目指す方を、募集します！

幅広く楽しめるエンターテインメント作品であれば、どんなジャンルでもＯＫ！

恋愛、ファンタジー、コメディ、ミステリ、ホラー、ＳＦ、etc……。

あなたが「面白い！」と思える作品をぶつけてください！

この賞で才能を開花させ、ベストセラー作家の仲間入りを目指してみませんか!?

大賞入選作
正賞と副賞300万円

準大賞入選作
正賞と副賞100万円

佳作入選作
正賞と副賞50万円

【応募原稿枚数】

400字詰め縦書き原稿100～400枚。


【しめきり】

毎年1月10日（当日消印有効）

【応募資格】

性別・年齢・プロアマ問わず

【入選発表】

オレンジ文庫公式サイト、WebマガジンCobalt、および夏ごろ発売の文庫挟み込みチラシ紙上。入選後は文庫刊行確約!

（その際には、集英社の規定に基づき、印税をお支払いいたします）

【原稿宛先】
〒101-8050　東京都千代田区一ツ橋2-5-10
（株）集英社　コバルト編集部「ノベル大賞」係

※応募に関する詳しい要項およびWebからの応募は
公式サイト（orangebunko.shueisha.co.jp）をご覧ください。